U0928520

名家散文珍藏

迟子建散文

迟子建 著

浙江文艺出版社

扫一扫，走近名家

目录

我的世界下雪了

原来姹紫嫣红开遍

听时光飞舞

锁在深处的蜜

我的世界下雪了

我们真应该感谢雪，它诞生了寂静、单纯、一览无余的美，也诞生了肮脏、使人警醒给人力量的泥泞。

北方的盐

盐那雪白的颜色常使我联想到雪。在北方，盐与雪正如雷与电，它们的美是裹挟在一起呈现的。

盐与雪来历不同。雪从天上来，而盐来自地下。雪的成因与低沉的云气有关，而盐的提取有两种途径，其一是多年矿物质的沉积，其二便是海水的凝结。不论它们来自天上还是人间，其形成都有一个浪漫的过程。云与海水作为雪与盐的载体，其氤氲与浩渺的气质总令人浮想联翩，谁能想到缥缈的云会幻化出那么轻盈、美丽、灿烂的雪花？谁能想到奔涌的海水会萃取出结晶的、闪着宝石一样光泽的盐粒？

是北方的寒冷引得雪花翩跹起舞，还是姿态袅娜的雪的降临赋予了北方以寒冷？反正在北方，寒冷与雪花是一对孪生姐妹，它们总是结伴而来，形影不离。尤其在北方之北方，也就是我的故乡北极村——那个夏至时可以看到白夜的地方，每年的九月底就进入冬季了，雪花会与还没有享受够暖阳的我们不期而遇。初始的雪似乎还不大敢肯定这就是它们的落脚之地，所以雪下得很斯文，有点小心翼翼的味道。一旦它们发现这片寒冷的土地使它们毫发无损，且能保持其明艳的肤色时，它们就一改矜持的姿态，纷纷扬扬地腾空而下，把大地染得一片洁白、一片苍茫。

雪来了，天气越来越冷了。这时的北方大地寸草不生，看不到一抹绿色，所有的植物都成了寒冬的战利品，被彻底地俘虏了，无声无息。我童年记忆中的北方人的餐桌上，是看不到新鲜的绿色菜蔬的。不似现在，由于运输的畅通和市场经济的发达，数九天气也能吃到来自南国的蔬菜。

盐在漫漫寒冬中披着它银色的铠甲在北方闪亮登场了。它其实在秋天就亮着它的白牙向北方女人微笑了。秋季是北方人腌菜的时节。家庭主妇们把还新鲜的豆角、辣椒、芹菜、黄瓜、萝卜、芥菜等等塞进形形色色的缸里，撒上一层又一层的盐，做成咸菜，以备冬季食用。北方人爱吃的、一直以来被大张旗鼓腌制的酸菜，更是缺少不了盐。盐被白花花地撒向缸里的时候，会发出簌簌的声响，好像盐在唱歌。在秋天，山间的蘑菇也露出毛茸茸的头了，蘑菇除了晒干外，还可以用盐腌渍在坛子里存储起来，冬天时用清水漂出它的盐分，吃起来味道仍是鲜美的。所以盐在秋季是撒向北方土地的最早的雪，它融化了，融化在菜蔬最后的清香中。如果你问一个北方人，你们的灶房里什么物件最多？我猜十有八九的人都会冲口而出：咸菜缸！的确，腌酸菜的大缸，腌萝卜和芥菜的中等型号的缸以及腌糖蒜和韭菜花的坛子，等等，就像乐池上摆放着的形形色色的乐器一样，你一进灶房，它们就会扑入你的视野，并且在你不小心碰撞了它们的时候，为你奏出或沉郁或清脆的乐声。

咸菜是北方人餐桌上的“正宫娘娘”，在寒风呼啸的日子里占据着统治地位，因而北方人也较其他地区的人摄盐量大，形成了口重的习惯，似乎不多加盐的食物都是寡淡无味的。北方人对盐有种近乎崇拜的心理，认为它是力量的化身，所以民间流传着吃盐长力气的说法。那些靠力气而生活的伐木工及家庭主妇，对盐的青睐可想而知了。记得童年时看电影《白毛女》，看到白毛女在山洞里因为多年吃不到盐，而过早地白了少年头的时候，盐在我心目中还具有乌发的作用，这印象一直延续至今，根深蒂固。现代膳食讲究低盐少糖，这与北方人对盐的巨大热情是背道而驰的。北方心脑血管的发病率远远高于江南，其气候的寒冷与摄盐过量无疑是两大元凶。尽管如此，北方人对盐仍然像对老朋友一样紧紧相拥，人们并未将它当敌人一样警惕着，虽然冬季可以从副食商场购得新鲜蔬菜，紫白红黄地点缀着餐桌，但在餐桌的一角，总会有几碟颜色黯淡的酱菜与之唱和着，有如一部歌剧在结尾时撒下的袅袅余音，它们呈现着旧时阳光的那种温暖与美好，令人回味。

当我们吃着腌制的酱菜望着窗外的雪花、听着时光流逝的声音时，浓云会在深冬的空中翻卷，海水会在遥远的天际涌流。而当我们为着北方的冻土上所发生的那些故事无限感怀时，泪水便会悄然浮出眼眶。泪水一定来自大海，不然它为什么总是咸的？

因为有了寒冷，有了对寒冷尽头的温暖的永恒的渴望，有了对盐那如同情人般的缠绵和依恋，我想北方人的泪水会比南方人的泪水更咸。

我的世界下雪了

沿着堤坝向南走，可以看到一带蜿蜒起伏的山峦。春夏时节，那山是绿色的。当然，这绿也不是纯粹的绿，其中仍夹杂着点点的白色，那是白桦树荡漾在松林中的几点笑窝。山脚下，有一条清澈而宽阔的河流——呼玛河。从河岸到堤坝，是一片茂密的柳树丛和几百棵高大的青杨。那些青杨间距很广、错落有致地四散开来，为这带风景平添了几分动人的风韵。初春的时候，残雪消融，矮株的柳树红了枝条，而高大的青杨则绿了身躯，那些青杨就像是站在河岸的穿着绿蓑衣的渔民，而那丝丝柳枝，有如一群漫游在他们脚下的红鱼。

如果是沿着河岸向南走的话，你仍然可以看到山峦、柳树丛和青杨，不过在岸边还可以看到一块又一块的庄稼地和在那里劳作的农人的身影。如果你乐意，可以停下脚来问问他们今年的庄稼长势如何，他们会热情地告诉你，哪种庄稼长势喜人，哪种庄稼缺了雨水，哪种庄稼又遭了虫灾。他们跟你说话的时候，偎在他们身旁的先前还跟你汪汪叫着的狗，立刻就停止了吠叫，它会摇着尾巴，歪着头听你和它的主人友好地交谈。而那谈话始终是有流水声相伴着的，河水“哗——哗——”地流着，就像一位腰肢纤细、身材修长的白衣少女，正躺在那里懒洋洋地小睡着，而河水发出的如歌的行板就是她均匀的呼吸。

当然，我是从一个漫步者的角度描述我故乡居室窗外的风景的。如果你坐在书房的南窗前观赏山峦、柳树丛和河流，那就是另一番情境了。通常情况下，河水看上去只是浅浅细细的一条亮线，但是到了涨水的季节，而月亮又格外地圆润皎洁的话，河流就被映照得焕发出勃勃金光，明亮得就像镶嵌在大地上的一道闪电。而山峦和柳树丛呢，它们也会因着观察角度的变化而改变了容颜，山显得低了些，山峦与天相接所呈现的剪影也就更为明显，它那妖娆的曲线一览无余；柳树丛呢，它们缥缈得就像岸边的一片芦苇，而那些高大的青杨，由于你看不清它们身上那些纵横的枝丫和漫溢着的鲜润的绿色，则很有点武士的味道了，显得那么地浑厚、苍劲和威严。

如果把老天比喻为一个画师的话，那么它春夏时节为大自然涂抹的是如梦似幻的温柔之色；到了秋天，它的画风发生了巨变，它借着秋霜的手，把山峦点染得一派绚丽，那灿烂的金黄色成为这个季节的主色调，让人想起凡·高的画。但这种绚丽持续不了多久，随着冷空气频频地入侵，落叶飘零，山色骤然变得暗淡陈旧了。但这种暗淡也不会让你的心灰暗很久，伴随着雪花那轻歌曼舞的脚步，山峦迎来了另一次的灿烂，它披上一件银白的棉袍，于苍茫中呈现着端庄、宁静的圣洁之美。

我之所以喜欢回到故乡，就是因为在这里，我的眼睛、心灵与双足都有理想的漫步之处。从我的居室到达我所描述的风景点，只需三五分钟。我通常选择黄昏的时候去散步。去的时候是由北向南，或走堤坝，或沿着河岸行走。如果在堤坝上行走，就会遇见赶着羊群归家的老汉，那些羊在堤坝的慢坡上边走边啃噬青草，仍是不忍归栏的样子。我还常看见一个放鸭归来的老婆婆，她那一群黑鸭子，是由两只大白鹅领路的。大白鹅高昂着脖子，很骄傲地走在最前面，而那众多的黑鸭子，则低眉顺眼地跟在后面。比之堤坝，我更喜欢沿着河岸漫步，我喜欢河水中那漫卷的夕照。夕阳最美的落脚点，就是河面了。进了水中的夕阳比夕阳本身还要辉煌。当然，水中还有山峦和河柳的投影，让人觉得水面就是一幅画，点染着画面的，有夕阳、树木、云朵和微风。微风是通过水波来渲染画面的，微风吹皱了河水，那些涌起的水波就顺势将河面的夕阳、云朵和树木的投影给揉碎了，使水面的色彩在瞬间剥离，有了立体感，看上去像是一幅现代派的名画。我爱看这样的画面，所以如果没有微风相助，水面波澜不兴的话，我会弯腰捡起几颗鹅卵石，投向河面，这时水中的画就会骤然发生改变，我会坐在河滩上，安安静静地看上一刻。当然，我不敢坐久，不是怕河滩阴森的凉气侵蚀我，而是那些蚊子会络绎不绝地飞来，围着我嗡嗡地叫，我可不想拿自己的血当它们的晚餐。

在书房写作累了，只需抬眼一望，山峦就映入眼帘了。都说青山悦目，其实沉积了冬雪的白山也是悦目的。白山看上去有如一只只来自天庭的白象。当然，从窗口还可以尽情地观赏飞来飞去的云。云不仅形态变幻快，它的色彩也是多变的。刚才看着还是铅灰的一团浓云，它飘着飘着，就分裂成几片船形的云了，而且色彩也变得莹白了。如果天空是一张白纸的话，云彩就是泼向这里的墨了。这墨有时浓重，有时浅淡，可见云彩在作画的时候是富有探索精神的。

无论冬夏，如果月色撩人，我会关掉卧室的灯，将窗帘拉开，躺在床上赏月。月光透过窗棂漫进屋子，将床照得泛出暖融融的白光，沐浴着月光的我就有在云中漫步的曼妙的感觉。在刚刚过去的中秋节里，我就是躺在床上赏月的。那天浓云密布，白天的时候，先是落了一些冷冷的雨，午后开始，初冬的第一场小雪悄然降临了。看着雪花如蝴蝶一样在空中飞舞，我以为晚上的月亮一定是不得见了。然而到了七时许，月亮忽然在东方的云层中露出几道亮光，似乎在为它午夜的隆重出场做着昭示。八点多，云层薄了，在云中滚来滚去的月亮会在刹那间一露真容。九点多，由西南而飞向东北方向的庞大云层就像百万大军一样越过银河，绝大部分消失了踪影，月亮完满地现身了。也许是经过了白天雨与雪的洗礼，它明净清澈极了。我躺在床上，看着它，沐浴着它那丝绸一样的光芒，感觉好时光在轻轻敲着我的额头，心里有一种极其温存和幸福的感觉。过了一会儿，又一批云彩出现了，不过那是一片极薄的云，它们似乎是专为月亮准备的彩衣，因为它们簇拥着月亮的时候，月亮用它的芳心，将白云照得泛出彩色的光晕，彩云一团连着一团地出现，此时的月亮看上去就像一个巨大的蜜橙，让人觉得它荡漾出的清辉，是洋溢着浓郁的甜香气的。午夜时分，云彩全然不见了，走到中天的明月就像掉入了一池湖水中，那天空竟比白日的晴空看上去还要碧蓝。这样一轮经历了风雨和霜雪的中秋月，实在是难得一遇。看过了这样一轮月亮，那个夜晚的梦中就都是光明了。

我还记得二〇〇二年正月初二的那一天，我和爱人应邀到城西的弟弟家去吃饭，我们没有乘车从城里走，而是上了堤坝，绕着小城步行而去。那天下着雪，落雪的天气通常是比较温暖的，好像雪花用它柔弱的身体抵挡了寒流。堤坝上一个行人都没有，只有我们俩手挽着手，踏着雪无言地走着。山峦在雪中看上去模模糊糊的，而堤坝下的河流，也已隐遁了踪迹，被厚厚的冰雪覆盖了。河岸的柳树和青杨，在飞雪中看上去影影绰绰的，天与地显得如此地苍茫，又如此的亲切。走着走着，我忽然落下了眼泪，明明知道过年落泪是不吉祥的，可我不能自持，那种无与伦比的美好滋生了我的伤感情绪。三个月后，爱人别我而去，那年的冬天再回到故乡时，走在白雪茫茫的堤坝上的，就只是我一人了。那时我恍然明白，那天我为何会流泪，因为天与地都在暗示我，那美好的情感将别你而去，你将被这亘古的苍凉永远环绕着！

所幸青山和流水仍在，河柳与青杨仍在，明月也仍在，我的目光和心灵都有可栖息的地方，我的笔也有最动情的触点。所以我仍然喜欢在黄昏时漫步，喜欢看水中的落日，喜欢看风中的落叶，喜欢看雪中的山峦。我不惧怕苍老，因为我愿意青丝变成白发的时候，月光会与我的发丝相融为一体，让月光分不清它是月光呢还是白发；让我分不清生长在我头上的，是白发呢还是月光。

几天前的一个夜晚，我做了一个有关大雪的梦。我独自来到了一个白雪纷飞的地方，到处是房屋，但道路上一个行人也看不见。有的只是空中漫卷的雪花。雪花拍打我的脸，那么地凉爽，那么地滋润，那么地亲切。梦醒之时，窗外正是沉沉暗夜，我回忆起一年之中，不论什么季节，我都要做关于雪花的梦，哪怕窗外是一派鸟语花香。看来环绕着我的，注定是一个清凉而又忧伤、浪漫而又寒冷的世界。我心有所动，迫切地想在白纸上写下一行字。我伸手去开床头的灯，没有打亮它，想必夜晚时回电了；我便打开手机，借着它微弱的光亮，抓过一支笔，在一张打字纸上把那句最能表达我思想和情感的话写了出来，然后又回到床上，继续我的梦。

那句话是：我的世界下雪了。

是的，我的世界下雪了……

春天是一点一点化开的

立春的那天，我在电视中看到，杭州西子湖畔的梅花开了。粉红的、雪白的梅花，在我眼里就是一颗颗爆竹，噼啪噼啪地引爆了春天。我想这时节的杭州，是不愁夜晚没有星星可看了，因为老天把最美的那条银河，送到人间天堂了。

而我这里，北纬五十度的地方，立春之时，却还是零下三十摄氏度的严寒。早晨，迎接我的是一夜寒流和冷月，凝结在玻璃窗上的霜花。想必霜花也知道节气变化了吧，这天的霜花不似往日的，总是树的形态。立春的霜花团团簇簇的，很有点花园的气象。你能从中看出喇叭形的百合花来，也能看出重瓣的玫瑰和单瓣的矢车菊来。不要以为这样的花儿，一定是银白色的，一旦太阳从山峦中升起来，印着霜花的玻璃窗，就像魔镜一样，散发出奇诡的光辉了。初升的太阳先是把一抹嫣红投给它，接着，嫣红变成橘黄，霜花仿佛被蜜浸透了，让人怀疑蜜蜂看上了这片霜花，把它们辛勤的酿造，洒向这里了。再后来，太阳升得高了，橘黄变成了鹅黄，霜花的颜色就一层层地淡下去、浅下去，成了雪白了，它们离凋零的时辰也就不远了。因为霜花的神经，最怕阳光温暖的触角了。

虽然季节的时针已指向春天了，可在北方，霜花却还像与主子有了感情的家奴似的，赶也赶不走。什么时候打发了它们，大地才会复苏。四月初，屋顶的积雪开始消融，屋檐在白昼滴水了，霜花终于熬不住了，撒脚走了。它这一去也不是不回头，逢到寒夜，它又来了。不过来得不是轰轰烈烈的，而是闪闪烁烁地隐现在窗子的边缘，看上去像是一树枝叶稀疏的梅。四月底，屋顶的雪化净了，林间的积雪也逐渐消融的时候，霜花才彻底丢了魂儿。

在大兴安岭，最早的春色出现在向阳山坡。嫩绿的草芽像绣花针一样顶破丰厚的腐殖土，要以它的妙手，给大地绣出生机时，背阴山坡往往还有残雪呢。这样的残雪，还妄想着做冬的巢穴。然而随着冰河乍裂，达子香花开了，背阴山坡也绿意盈盈了，残雪也就没脸再赖着了。山前山后，山左山右，是透着清香的树、烂漫的山花和飞起飞落的鸟儿。那蜿蜒在林间的一道道春水，被暖风吹拂得起了鱼苗似的波痕。投在水面的阳光，便也跟着起了波痕，好像阳光在水面打起蝴蝶结了。

我爱这迟来的春天。因为这样的春天不是依节气而来的，它是靠着自身顽强的拼争，逐渐摆脱冰雪的桎梏，曲曲折折地接近温暖，苦熬出来的。也就是说，极北的春天，是一点一点化开的。它从三月化到四月甚至五月，沉着果敢，心无旁骛，直到把冰与雪安葬到泥土深处，然后让它们的精魂，又化作自己根芽萌发的雨露。

春天在一点一点化开的过程中，一天天地羽翼丰满起来了。待它可以展翅高飞的时候，解冻后的大地，又怎能不做了春天的天空呢！

谁说春色不忧伤

在我的故乡，十月便入冬了。雪花是冬季的徽标，它一旦镶嵌在大地上，意味其强悍的统治开始了。虽说年分四季，但由于南北不同和季节差异，四季的长度是不相等的，有的春短，有的秋长。而我们那儿，最长的季节是冬天。它裹挟着寒风，一吹就是半年，把人吹得脸颊通红，口唇干裂，人们在呼号的风中得大声说话，不然对方听不清。东北人的大嗓门，就是寒风吹打的吧。你走在户外，男人的髭须和女人的刘海，都被它染白了，所以北国人在冬天，更接近童话世界的人，他们中谁没扮过白须神翁和白毛仙姑呢。

被寒流折磨久了、被炉火烤得力气弱了、被冬日单一蔬菜弄得食欲寡淡的人，谁不盼着春天呢？春天的到来是最铺张的，它的前奏和序幕拉得很长。三月中旬吧，就有它隐约的气息了。连续几个晴天后，正午时屋檐会传来滴答滴答的水声，那是春天的第一声呼吸，屋顶的积雪开始融化了。人们看见活生生的水滴，眼里泛着喜悦的光影。但别高兴得太早，春天伸了一下舌头，扮个鬼脸，就不见了。寒流的长鞭子又甩了出来，鞭打得人还不能脱下冬衣。人们眼巴巴地看着屋檐滴水时凝结的冰溜儿，就像望着脆弱的琴弦，不敢把动人的旋律弹奏。到了四月初，屋顶的积雪全然融化了，家家的白屋顶露出了本色，红瓦的现出热烈的红色，青瓦的现出深沉的钢青色，这时春天的脚步真的近了。雪花隐遁，天空由灰白变成淡蓝，太阳苍白的面庞有了暖色，河岸柳树泛红，林中向阳山坡的达子香花，羞答答地打骨朵了，人们饲养的家禽，开始在冬窝里频频伸展翅膀，想啄春天的第一口湿泥，做自己的口红，这时的春天怎么说呢，是到了婚日的盛装的新娘，呼之欲出了！

春天就是一个宝石库，那里绿翡翠最多。地上的草，林中的树，园田的菜圃，呈现着一派娇嫩的绿；山间原野的花儿，姹紫嫣红，争奇斗艳，蓝的如宝石，红的如玛瑙，白的如珍珠，金黄的如琥珀。这时窗缝的封条撕下来了，门上用于抵御寒风的棉毡也取下来了，人们换下棉衣棉裤，家禽们又可以寻觅园田肥美的虫子，作为它们的小点心了！到了五月，春天波涛汹涌地来了，所有的生命都荡漾在它明媚的波涛里！

但这样的春色，也许过于寻常，并没有烙印在我心灵深处。我对最美春色的记忆，居然与伤痛联系在一起。也就是说，有两个年份的春光，分别因身体和心灵的伤痛，而化为了化石，嵌在我骨头缝里，无法忘怀。

我在大兴安岭师专读二年级时，也就是三十四年前，春末时分，我突患牙痛。先是一颗牙起义，疼了起来，跟着它周边的牙呼应它。半口牙痛起来的感觉，你甚至想当自己的刽子手，砍下头颅。我还记得童年时一个杀猪的因为牙痛，要喝农药，他老婆喊邻人阻止丈夫愚蠢行为的情景。有过牙痛经历的人都知道，那种痛锥心刺骨，尤其是夜深它扰得你不能安眠时。记得我被牙痛连续折磨了两昼夜，一天凌晨，天还没亮，我实在忍耐不住，一个人悄悄穿衣起来，出了集体宿舍，走向校园西侧的原野。那天有雾，我张开嘴，希望雾气能像止痛散，发挥点作用。当我步出宿舍区，接近原野的时候，发现了一团黑乎乎的东西。走近一看，是台用于耕地的拖拉机！我想起白天时，曾望见它在原野上工作。拖拉机驾驶室的门，居然一拉就开了。我像发现了一个古堡，兴奋地跳上驾驶室。完全不懂驾驶技术的我，试图开动它。好像拖拉机的履带一转，我的病痛就会被碾碎似的。我不知哪里是油门刹车，双脚乱踏，手抚在方向盘上，振振有词地喊着前进前进，可拖拉机纹丝不动。但这丝毫没有减淡我的热情，我像对付一匹野马似的，执意要驯服它，一直和它战斗，直到雾气野鬼似的在日出中魂飞魄散，我才大汗淋漓地休战。太阳从背后升起来，照亮了我面前的原野。它的绿是那么的鲜润，就像一块刚压好的豆腐，只不过这是块巨大的翡翠豆腐！这片触目惊心的绿震撼了我，我跳下拖拉机。牙痛就在我奔向原野的时刻，突然止息了。病牙撤兵，整个身心都获得了解放。我感恩地看着春天的原野，想着它蛰伏一冬，冲出牢笼后出落得如此动人，可我从未细心打量过它，辜负如此春色，实在不该。

另一片记忆中的至美春色，是与二〇〇二年联系在一起的。那年五月三日，爱人在归乡途中车祸罹难，我赶回故乡奔丧。料理完丧事，回到塔河，正是新绿满枝的时候。姐姐见我很少出门，有一天领着孩子，拉着我去堤坝走走。太阳已经很暖了，可走在土路上，我却觉得脊背发凉。堤坝是我和爱人常去的地方，我们曾在河边打水漂，采野花，看两岸的山影、庄稼和牛羊。我走下堤坝，看到几棵嫩绿的柳蒿芽，随手采了，那是我和爱人喜欢吃的野菜，把它用开水焯了，蘸酱吃鲜美无比。我采了柳蒿芽，又看见了野花，白的，粉红的，淡蓝的，星星似的眨眼。我没有采花，因为以往采回的野花，会放到床头桌上，照亮两个人的梦境。想着爱人与这样的春色永别了，想着再无人为我采撷这大好春色，伴我入梦，我忍不住落泪了。“万木皆春色，唯我枝头泪”，这是我为《白雪乌鸦》里丧夫的女主人公写的一句内心独白，它其实也是我的内心独白。那天我怕姐姐看见我的泪，便朝茂密的柳树丛走去。泪眼中的春色飞旋起来，像一朵一朵的云，在人间与天堂之间绽放，那么迷离，那么凄美！四野寂静，我听见了自己的心跳声。我想一颗依然能感受春光的心，无论怎样悲伤，都不会使她的躯壳成为朽掉的木。爱情的春光抽身离去，让我成为无人点燃的残烛，可生命的春光，依然闪烁！

我最爱的词人辛弃疾，曾写过“春风不染白髭须”的名句。是啊，春风染绿了山，染红了花，染蓝了天，染白了云，可它不能把我们的白须白发染黑，不能让岁月之河倒流。但春风能染红唇，能让它像一朵永不凋零的花，吐露心语，在夜深时隔着时空，轻唤你曾爱过的人，问一声你还好吧？

泥　泞

北方的初春是肮脏的，这肮脏当然缘自我们曾经热烈赞美过的纯洁无瑕的雪。在北方漫长的冬季里，寒冷催生了一场又一场的雪，它们自天庭伸开美丽的触角，纤柔地飘落到大地上，使整个北方沉沦于一个冰清玉洁的世界中。如果你在飞雪中行进在街头，看着枝条濡着雪绒的树，看着教堂屋顶的白雪，看着银色的无限延伸着的道路，你的内心便会洋溢着一股激情：为着那无与伦比的壮丽或者是苍凉。

然而春风来了。春风使积雪融化，它们在消融的过程中容颜苍老、憔悴，仿佛一个即将撒手人寰的老妇人。雪在这时候将它的两重性毫无保留地暴露出来：它的美丽依附于寒冷，因而它是一种静止的美、脆弱的美；当寒冷已经成为西天的落霞，和风丽日映照它们时，它的丑陋才无奈地呈现。

纯美之极的事物是没有的，因而我还是热爱雪。爱它的美丽、单纯，也爱它的脆弱和被迫的消失。当然，更热爱它们消融时给这大地制造的空前的泥泞。

小巷里泥水遍布；排水沟因为融雪后污水的加入而增大流量，哗哗地响；燕子在潮湿的空气里衔着湿泥在檐下筑巢；鸡、鸭、鹅、狗将它们游荡小巷的爪印带回主人家的小院，使院子里印满无数爪形的泥印子，宛如月下松树庞大的投影；老人在走路时不小心失了手杖，那手杖被拾起时就成了泥手杖；孩子在小巷奔跑嬉闹时不慎将嘴里含着的糖掉到泥水中了，他便失神地望着那泥水呜呜地哭，而窥视到这一幕的孩子的母亲却快意地笑起来……

这是我童年时常常经历的情景，它的背景是北方的一个小山村，时间当然是泥泞不堪的早春时光了。

我热爱这种浑然天成的泥泞。

泥泞常常使我联想到俄罗斯这个伟大的民族，罗蒙诺索夫、柴可夫斯基、陀思妥耶夫斯基、托尔斯泰、蒲宁、普希金就是踏着泥泞一步步朝我们走来的。俄罗斯的艺术洋溢着一股高贵、博大、阴郁、不屈不挠的精神气息，不能不说与这种春日的泥泞有关。泥泞诞生了跋涉者，它给忍辱负重者以光明和力量，给苦难者以和平和勇气。一个伟大的民族需要泥泞的磨砺和锻炼，它会使人的脊梁永远不弯，使人在艰难的跋涉中懂得土地的可爱、博大和不可丧失，懂得祖国之于人的真正含义。当我们爱脚下的泥泞时，说明我们已经拥抱了一种精神。

如今在北方的城市所感受到的泥泞已经不像童年时那么深重了。但是在融雪的时节，我走在农贸市场的土路上，仍然能遭遇那种久违的泥泞。泥泞中的废纸、草屑、烂菜叶、鱼的内脏等等杂物若隐若现着，一股腐烂的气味扑入鼻腔。这感觉当然比不得在永远有绿地环绕的西子湖畔撑一把伞在烟雨蒙蒙中耽于幻想来得惬意，但它仍然能使我陷入另一种怀想，想起木轮车沉重地碾过它时所溅起的泥珠，想起北方的人民跋涉其中的艰难的背影，想起我们曾有过的苦难和屈辱，我为双脚仍然能触摸到它而感到欣慰。

我们不会永远回头重温历史，我们也不会刻意制造一种泥泞让它出现在未来的道路上，但是，当我们在被细雨洗刷过的青石板路上走倦时，当我们面对着无边的落叶茫然不知所措时，当我们的笔面对白纸不再有激情而苍白无力时，我们是否渴望着在泥泞中跋涉一回呢？为此我们真应该感谢雪，它诞生了寂静、单纯、一览无余的美，也诞生了肮脏、使人警醒给人力量的泥泞。因而它是举世无双的。

云淡好还乡

屋顶的霜几乎是与泛黄的叶片同时出现的，所以很难说它们哪一个更能预示秋天的到来。园田经过收获的洗礼已变得一片荒芜，蝴蝶无奈地蜕化和死亡，美丽的翅膀已成为其他虫子弥留之际的尸衣。盛夏时节曾喧嚣不已的河水已平静如一个受孕的女人。家禽不再喜欢东游西逛，温暖的窝使它们变得格外懒惰。

屋顶的霜在凌晨时是银色的。而太阳出来后它们则是奶色的。阳光只需触摸它们一小时左右，这霜就会消失，幻化成水珠一滴滴地由屋檐垂下。有时恰好人从屋里出来，一滴水就滑进颈窝，这个人必定一缩肩膀，嗔怪一声："没长眼睛的。”水珠当然也长着眼睛，它只不过喜欢恶作剧罢了。有时一条狗闻到灶房的香味往屋里钻，水珠也滴答地落到它身上，狗便抖抖身子，企图拂掉水珠，殊不知它早已渗入它的毛发中了。

男人们开始收拾菜窖，然后将白菜、土豆、萝卜等越冬蔬菜储藏起来。女人们忙得不可开交：腌酸菜、糊窗缝、翻新棉衣。最幸福的要数小孩子了，他们欢快地在户外的秋风中跑来跑去，却还要时不时地嚷嚷：“真要来冬天了，手都冻麻了。”好像他们的手若不被冻麻，冬天就会远离塞外似的。

大兴安岭的秋天就这么有声有色地展开了画卷。别看居民区一派萧瑟，但有一处却极为绚丽，那就是房屋的土墙。一把把菜籽呈伞状垂吊着，已被晒成褐色的蘑菇干散发出一股菌类植物特有的气味。火红的辣椒串和雪白的大蒜辫子像一对相依相偎的恋人，相互盘绕在一起，难解难分。阳光照着那土墙，那色彩就浓烈得仿佛要横溢而出。红的要伸出舌头，紫的要流出汁液，黄的要弄疼谁的眼睛，白的想变成一团呵气去逗弄你的耳朵。

森林的色彩就更加丰富了。落到地上的树叶有褐黄、金黄和浅黄的，也有猩红、浅红和半青半红的。半青半红的叶子多半是被狂风劫掠而下。白桦树的叶子在阳光下仿佛是一树金币，铃铃作响。而肥硕的柞树叶子则整齐地变为红色。

至于修长的落叶松，它的针叶像歌声一样在风中洋洋洒洒地舞动，每一根都是一个灿烂的音符。

呈“人”字形南飞的大雁优雅地告别一座座山村。极淡极淡的云在蓝天下漂泊着，无声无息。这时候任何一种声音都会传得很远，因为大地沉寂，天空澄碧。

男人们把蔬菜下到窖里后，就该将农具一一拾起，归置到仓房里，待到明年开春再用。接下来他们要检查一下房屋的泥坯是否因为夏日淫雨的侵蚀而有大面积脱落的地方，然后和上黄泥修补一下。当然还要用瓦刀从火墙敲下一块砖来，掏掏里面的灰，不然一个冬天火炉会吞吃大量的柴禾，灰越积越厚，有时将使烟道不畅。火炉倒烟的滋味可不好受，一家老少在浓烟中咳嗽着，外面寒风嘶鸣，又不能轻易打开门来放烟。所以准备工作要事先做好。当这一切都井井有条之后，有心情的男人就要编鸟笼子，预备大雪封山时去捕鸟。喜欢打猎的则用细铁丝编兔子套和狍子套，猎枪自然也要好好擦一擦了。擦猎枪的时候他们也许会哼上一支歌，歌声时断时续，如萤火虫一明一灭。

秋天自顾绚烂着、凋零着。当天空晴得几乎存不住一丝云彩时，河水仿佛是不流动了。薄冰开始出现，屋顶的白霜只到正午时分才稍稍融化一些。菜园中的虫子全部销声匿迹，年纪大的人及时穿上了冬衣，到户外走动的人也越来越少了。这时候的白桦树已经全部脱落了一树金黄色的叶片，仿佛由富人沦落为乞丐。猩红的柞树叶子也收缩成褐色，完全失去了水分。如果一阵狂风席卷而来，林地的落叶就满天飞舞，不知所措地旋转着。

大雁南飞，蝴蝶和蜻蜓也入了泥土。女人们忙完了一个秋天的活，就捶着酸痛的背，失神地望着天空中薄薄的云彩，想着该回老家看一看。想着出嫁那天离开娘家时的情景。有时就想出了泪，可又舍不得轻易动用柜子里的积蓄。于是晚上就常在梦里见到过去的炊烟，房舍，亲戚。想着世界不这么大该有多好，生活中没有这么多条漫长的路该有多好。这时候她们最渴望获得男人们温存的体贴。而男人的呼噜总是无忧无虑地起伏着，女人就仿佛听见潮水翻涌，自己则像孤舟在波峰浪谷中颠簸着。

天高云淡的时节似乎所有的生物都在怀乡。花草凋零除了说明它们对季节的不适应外，还隐喻着它们的生命渴望转换成另外一种状态，一种逍遥的休息状态。虽然说冬天的漫漫大雪掩盖了它们的声音和形象，可第二年的春天它们又会复苏，生机像深潭下的水草一样疯狂地弥漫。虫子依然活泼地在田间蠕动，蜻蜓的翅膀依然在明媚的阳光下闪烁，各色花卉将馨香畅快地吐露出来，只不过并蒂的花可能变成了三朵或者四朵，花瓣也由单层变为二重或三重。带着一种还乡后的温足和平静，它们望着天上变幻莫测的云时就有一种亲切感，因为淡淡的云缥缈地出现时，它们又会还乡。它们因此而变得永远年轻。

那些幻想着还乡的女人们呢？她们的鬓发渐渐变白，手指粗糙不堪，望着日月的清辉时会不由自主地花眼。她们的膝下已有了孙子孙女。柜子里的积蓄还是过去的样子，她们已经舍得花钱还乡，却力不从心了。何况那故乡的双亲早已故去，兄弟姐妹也到了夕阳般的年龄，她们去了又能寻到什么？然而每逢天高云淡的时候，她们仍然一如既往地做着还乡的梦。

会唱歌的火炉

我的少年时代是在大兴安岭度过的。那里一进入九月，大地的绿色植物就枯萎了，雪花会袅袅飘向山林河流，漫长的冬天缓缓地拉开了帷幕。

冬天一到，火炉就被点燃了，它就像冬夜的守护神一样，每天都要眨着眼睛释放温暖，一直到次年的五月，春天姗姗来临时，火炉才能熄灭。

火炉是要吞吃柴火的，所以，一到寒假，我们就得跟着大人上山拉柴火。

拉柴火的工具主要有两种：手推车和爬犁。手推车是橡胶轮子的，体积大，既能走土路装载又多，所以大多的人家都使用它。爬犁呢，它是靠滑雪板行进的，所以只有在雪路上它才能畅快地走，一遇土路，它的腿脚就不灵便了，而且它装载少，走得慢，所以用它的人很零星。

我家的手推车买的是二手货，有些破旧，看上去就像一个辛劳过度的人，满面疲惫的样子。它的车胎常常慢撒气，所以我们拉柴火时，就得带着一个气管子，给它打气。否则你装了满满一车柴火要回家时，它却像一个饿瘪了肚子的人蹲在地上，无精打采的，你又怎么能指望它帮你把柴火运出山呢！

我们家拉柴火，都是由父亲带领着的。姐姐是个干活实在的孩子，所以父亲每次都要带着她。弟弟呢，那时虽然他也就是八九岁的光景，但父亲为了让他养成爱劳动的习惯，时不时也把他带着。他穿得厚厚的跟着，看上去就像一头小熊。我们通常是吃过早饭就出发，我们姐弟三人推着空车上山，父亲抽着烟跟在我们身后。冬日的阳光映照到雪地上，格外地刺眼，我常常被晃得睁不开眼睛。父亲生性乐观，很风趣，他常在雪路上唱歌、打口哨。他的歌声有时会把树上的鸟给惊飞了。我们拉的柴火，基本上是那些风吹倒的树木，它们已经半干了，没有利用价值，最适宜作烧柴。那些生长着的鲜树，比如落叶松、白桦、樟子松是绝对不能砍伐的，可伐的树，我记得有枝丫纵横的柞树和青色的水冬瓜树。父亲是个爱树的人，他从来不伐鲜树，所以拉烧柴，我们家是镇上最本分的人家。为了这，我们就比别人家拉烧柴要费劲些，回来得也会晚。因为风倒木是有限的，它们被积雪覆盖着，很难被发现。我最乐意做的，就是在深山里寻找风倒木。往往是寻着寻着，听见啄木鸟笃笃地在吃树缝中的虫子，我就会停下来看啄木鸟；而要是看见了一只白兔奔跑而过，我又会停下来看它留下的足迹。由于玩的心思占了上风，所以我找到倒木的机会并不多。往往在我游山逛景的时候，父亲的喊声会传来，他吆喝我过去，说是找到了柴火，我就循着锯声走过去。父亲用锯把倒木锯成几截，粗的由他扛出去，细的由我和姐姐扛出去。把倒木扛到放置手推车的路上，总要有一段距离。有的时候我扛累了，支持不住了，就一耸肩把倒木丢在地上，对父亲大声抗议："我扛不动！"那语气带着几分委屈。姐姐呢，即使那倒木把她压得抬不起头来，走得直摇晃，她也咬牙坚持着把它运到路面上。所以成年以后，她常抱怨说，她之所以个子矮，完全是因为小的时候扛木头给压的。言下之意，我比她长得高，是由于偷懒的缘故。为此，有时我会觉得愧疚。

冬天的时候，零下三四十摄氏度的气温是司空见惯的。在山里待的时间久了，我和弟弟都觉得手脚发凉。父亲就会划拉一堆枝丫，为我们拢一堆火。洁白的雪地上，跳跃着一簇橘黄的火焰，那画面格外地美。我和弟弟就凑上去烤火。因为有了这团火，我和弟弟开始用棉花包裹着几个土豆藏到怀里，带到山里来，待父亲点起火后，我们就悄悄把土豆放到火中，当火熄灭后，土豆也熟了，我们就站在寒风中吃热腾腾、香喷喷的土豆。后来父亲发现了我们带土豆，他没有责备我们，反而鼓励我们多带几个，他也跟着一起吃。所以，一到了山里，烧柴还没打出一根呢，我就嚷着冷，让父亲给我们点火。父亲常常嗔怪我，说我是只又懒又馋的猫。

天越冷，火炉吞吃的柴火就越多。我常想火炉的肚子可真大，老也填不饱它。渐渐地，我厌烦去山里了，因为每天即使没干多少活，可是往返走上十几里雪路，回来后腿脚也酸痛了。我盼着自己的脚生冻疮，那样就可以理直气壮地留在家里了。可我知道生冻疮的滋味很不好受，于是只好天天跟着父亲去山里。

现在想来，我十分感激父亲，他让我在少年时期能与大自然有那么亲密的接触，让冬日的那种苍茫和壮美注入了我幼小的心田，滋润着我。每当我从山里回来，听着柴火在火炉中噼啪噼啪地燃烧，都会有一股莫名的感动。我觉得柴火燃烧的声音就是歌声，火炉它会唱歌。火炉在漫长的冬季中就是一个有着金嗓子的歌手，它天天歌唱，不知疲倦。它的歌声使我懂得生活的艰辛和朴素，懂得劳动的快乐，懂得温暖的获得是有代价的。所以，我成年以后回忆少年时代的生活，火炉的影子就会悄然浮现。虽然现在我已经脱离了与火炉相伴的生活，但我不会忘记它，不会忘记它的歌声。它那温柔而富有激情的歌声，在我心中永远不会消逝。

寒冷也是一种温暖

年是新的，也是旧的。因为不管多么生气勃勃的日子，你过着的时候，它就在不经意间成了老日子了。

在北方，一年的开始和结束都是在寒冷时刻，让人觉得新年是打着响亮的喷嚏登场的，又是带着受了风寒的咳嗽声离去的。但在这喷嚏和咳嗽声之间，还是夹杂着春风温柔的吟唱，夹杂着夏雨滋润万物的淅沥之音和秋日田野上农人们收获的笑声。沾染了这样气韵的北方人的日子，定然是有阴霾也有阳光，有辛酸也有快乐。

我每年的日子，大抵是在写作和旅行中度过的。

六月，我去了梦想的国度——俄罗斯。这十几天的旅行对我的震撼很大，我记得午夜时分涅瓦河上的灿烂落日，记得红场上不熄的火炬，记得莫斯科特列季亚科夫美术馆那些深沉静美的大师画作，记得贝加尔湖上的清风和俄罗斯草原上的金黄色的雏菊。这些画面如今回忆起来，仍然让我心旌摇荡。

故乡是我每年必须要住一段时日的地方。在那里，生活因寂静、单纯而显得格外地有韵致。八月，我回到那里。每天早晨，我做的第一件事就是拉开窗帘，打开窗，看青山，呼吸着从山野间吹拂来的清新空气。吃过早饭，我一边喝茶一边写作，或者看书。累了的时候，随便靠在哪里都可以打个盹，养养神。大约是心里松弛的缘故吧，我在故乡很少失眠。每日黄昏，我会准时去妈妈那里吃晚饭。我怕狗，而小城街上游荡着的威猛的狗很多，所以我走在路上的时候，手中往往要攥块石头。妈妈知道我怕狗，常常在这个时刻来接我回家。家中的菜园到了这时节就是一个蔬菜超市，生有妖娆花纹的油豆角、水晶一样透明的鸡心柿子、紫莹莹的茄子、油绿的芹菜、细嫩的西葫芦、泛着蜡一样光泽的尖椒，全都到了成熟期。不过这些绿色蔬菜只是晚餐桌上的配角，主角呢，是农人们自己宰杀的猪，是刚从河里打捞上来的野生的鱼类。这样的晚餐，又怎能不让人对生活顿生感念之情呢？吃过晚饭，天快黑了，我也许会在花圃上剪上几枝花：粉色的地瓜花、金黄色的步步高或是白色的扫帚梅，带回我的居室，把它们插入瓶中，摆在书桌上。夜深了，我进入了梦乡，可来自家园的鲜花却亮堂地怒放着，仿佛想把黑夜照亮。

如果不是因为十月份要赴港，我一定要在故乡住到飞雪来临时。

我去过香港两次，但唯有这次时间最长，整整一个月。浸会大学邀请了来自美国、尼日利亚、爱尔兰、新西兰、肯尼亚等国家和中国台湾地区的八位作家，聚集香港，进行文学交流和写作，这一期的主题是“大自然和写作”。为了配合这个主题，浸会大学组织了一些亲近大自然的活动，如去西贡西湾爬山，去大屿山的小岛看渔民的生活，去凤凰山以及湿地公园等。香港的十月仍然炽热，阳光把我的皮肤晒得黝黑。运动是惹人上瘾的，逢到没有活动的日子，我便穿着一身运动装出门了。去海边，去钻石山的禅院等。有一天下午，我外出归来，乘地铁在乐富站下车后，觉得浑身酸软，困倦难当，于是就到地铁站对面的联合道公园睡觉去了。别看街上车水马龙的，公园里游人极少。我躺在回廊的长椅上，枕着旅行包，听着鸟鸣，闻着花香，睡着了。等我醒来的时候，太阳已经向西了，我听见有人在喊“迟——迟——”原来是爱尔兰女诗人希斯金，她正坐在与我相邻的椅子上看书呢。我有些不好意思，因为在国外，蜷在公园长椅上睡觉的，基本都是乞丐。

在香港，我每天晚上跟妈妈通个电话。她一跟我说故乡下雪的时候，我就向她炫耀香港的扶桑、杜鹃开得多么鲜艳，树多么地绿，等等。但时间久了，尤其是进入十一月份之后，我忽然对香港的绿感到疲乏了，那不凋的绿看上去是那么苍凉、陈旧！我想念雪花，想念寒冷了。有一天参加一个座谈，当被问起对香港的印象时，我说我可怜这里的“绿”，我喜欢故乡四季分明的气候，想念寒冷。他们一定在想：寒冷有什么好想念的？而他们又怎能知道，寒冷也是一种温暖啊！

十一月上旬，我从香港赴京参加作代会，会后返回哈尔滨。当我终于迎来了对我而言的第一场雪时，兴奋极了。我下楼，在飞雪中走了一个小时。能够回到冬天，回到寒冷中，真好。

年底，我收到了一份沉甸甸的礼物，是艾芜先生的儿子汤继湘先生和儿媳王莎女士为我签名寄来的艾芜先生的两本书《南行记》和《艾芜选集》，他们知道我喜欢先生的书，特意在书的扉页盖了一枚艾芜先生未出名时的“汤道耕印”的木头印章。这枚小小的印章，像一扇落满晚霞的窗，看上去是那么的灿烂。王莎女士说，新近出版的艾芜先生的两本书，他们都没有要稿费，只是委托新华书店发行，这让我感慨万千。在我们这个时代，那些垃圾一样的作品，通过炒作等手段，可以获得极大的发行量，而艾芜先生这样具有深厚文学品质的大家作品，却遭到冷落。这真是个让人心凉的时代！不过，只要艾芜先生的作品存在，哪怕它处于“寒冷”一隅，也让人觉得亲切。这样的“寒冷”，又怎能不是一种温暖呢！

雪山的长夜

午夜失眠，索性起床望窗外的风景。

以往赏夜景，都不是在冬季。春夜，我曾望过被月光朗照得荧光闪闪的春水；夏夜，我望过一叠又一叠的青山在暗夜中呈现的黝蓝的剪影；秋夜，曾见过河岸的柳树在月光中被风吹得狂舞的姿态。只有冬季，我记不起在夜晚看过风景。也难怪，春夏秋三季，窗户能够打开，所以春夜望春水时，能听见鸟的鸣叫；夏夜看青山的剪影时，能闻到堤坝下盛开的野花的芳香；秋夜看风中的柳树时，发丝能直接感受到月光的爱抚，那月光仿佛要做我的一绺头发，从我的头顶倾泻而下，柔顺光亮极了。而到了寒风刺骨的冬季，窗口就像哑巴一样暮气沉沉地紧闭着嘴，窗外除了低沉的云气和白茫茫的雪之外，似乎就再没什么可看的了。

然而在这个失眠的故乡的冬夜，我却于不经意间领略到了冬夜的那种孤寂之美。

站在窗前，最先让我吃惊的是那三座雪山。原以为不到月圆的日子，雪山会隐去真形，谁知它们在半残的月亮下，轮廓竟然如此分明，我甚至能看清山脊上那一道一道的雪痕！

那三座雪山，一座向东，另两座向南。在东向和南向的雪山之间，有一道很宽的缝隙，那就是呼玛河。我在春夜所观赏过的春水，就是它泛出的波光。冬夜里，河流被冰雪覆盖着，它看上去就像遗弃在山间的一条手杖。这巨大的手杖白亮而光滑，想必是天上的巨人所用之物。夜晚的雪山不像白日那么浑厚，它仿佛是瘦了一壳，清隽秀丽，因而显得高了许多。仿佛黑夜用一把无形的大剪刀，把雪山彻底修剪了一番，使它看上去神清气朗，英姿勃勃。

这三座曾十分熟悉的雪山，让我格外地惊诧。它们仿佛三只从天上走来的白象，安然凝望着北国的山林雪野和人间灯火。小城灯火阑珊，山脚下倒是有两簇灯火，一簇在南侧，一簇在东侧。这两簇灯火异常地灿烂华美，让我觉得它们是这白象般的雪山脚下挂着的金色铃铛，只要雪山轻轻一动，它们就会发出清脆的响声。

我久久地望着那两簇灯火。每日午后，我都要在山下的小路上散步。小城人没有散步的习惯，所以路上通常是我一人。一个人走在雪路上，是多么渴望雪山能够张开它宽阔的胸怀，拥我入怀啊。有一日我曾在河滩碰到几个挖沙的人，想必东侧的灯火是挖沙人的居所。而南侧的雪山并没有房屋，那儿的灯火是谁的呢？也许是打鱼人的？呼玛河中有味美的鲇鱼和花翅子，一些打鱼人就在河面凿了一口口冰眼下网捕鱼。看着这一派寒冷和苍凉的景象，谁能想到坚冰之下，仍有美丽柔软的鱼在自由地畅游呢！当我一厢情愿地认定那簇灯火是打鱼人的之后，我就幻想打鱼人起网的情景。那一条条美丽的出水芙蓉般的鱼跃出水面，看到这个暗夜中的冰雪世界，是不是会伤心泪垂？

雪山东侧的那簇灯火先自消失了。是凌晨一时许了，想必挖沙人已停止了夜战，歇息去了。而南侧的那簇灯火仍如白莲一样盛开着。我盯着那灯火，就像注视着挚爱的人的眼睛一样。

以往归乡，我在小路上散步总是有爱人陪伴。夏季时，我走着走着就要停下脚步，不是发现野果子了，就是被姹紫嫣红的野花给吸引住了。我采了野果，会立刻丢进嘴里。爱人笑我是个“野丫头”。有时蚊子闹得凶狂，我就顺手在路边折一根柳枝，用它驱赶蚊子。而折柳枝时，手指会弥漫上柳枝碧绿而清香的汁液。那时我觉得所有的风景都是那么优美、恬静，给人一种甜蜜、温馨的感觉。可自从爱人因车祸而永久地离开了我，我再望风景时，那种温暖和诗意的感觉已荡然无存。当我孤独一人走在小路上时，我是多么想问一问故乡的路啊：你为什么不动声色地化成了一条绳索，在我毫无知觉的时候扼住了他的咽喉？你为什么在我感觉最幸福的时候化成了一支毒箭，射中了我爱的那颗年轻的心？青山不语，河水亦无言，大自然容颜依旧，只是我的心已苍凉如秋水。以往我是多么贪恋于窗外的好山好水，可我现在似乎连看风景的勇气都没有了。

我很庆幸在这个失眠的冬夜里，我又能坦然面对窗外的风景了。凌晨两点多，南侧雪山的灯火也消失了。三座雪山没有因为灯火的离去而黯淡，相反，它们在星光下显得更加地挺拔和有光华。当你的眼睛适应了真正的黑暗后，你会发现黑暗本身也是一种明亮。仰望天上的星星，我觉得它们当中的哪一颗都可以做我身旁的一盏永久的神灯。而先前还如花一样盛开的人间灯火，它们就像我爱人的那双眼睛一样，会在我为之无限陶醉时，不说告别，就抽身离去。

雪山沐浴着灿烂的星光，焕发出一种孤寂之美。那隐隐发亮的一道道雪痕，就像它浅浅的笑影一样，温存可爱。凌晨四时许，星光稀疏了，而天却因为黎明将至呈现着一股深蓝的色调，雪山显得越发的壮美了。我想我在望雪山的时候，它也在望我。我望雪山，能感受到它非凡的气势和独特的美；而它望我的房屋，是否只是一头牛的影子？而我只是落在这牛身上的一只飞蝇？

我还记得一九九八年河水暴涨之时，每至黄昏，河岸都有浓浓的晚雾生成。有一天我站在窗前，望见爱人从小路上归家。他的身后是起伏的白雾，而他就像雾中的一棵柳树。那一瞬间，我有一股莫名的恐慌感，觉得这幻影一样的雾似乎把爱人也虚幻化了，他在雾中仿佛已不存在。现在想来，死亡就像上帝洒向人间的迷雾，它说来就来，说去就去。它能劫走爱人的身影，但它奈何不了这巍峨的雪山。有雪山在，我的目光仍然有可注视的地方，我的灵魂也依然有可依托的地方。

我感谢这个失眠的长夜，它又给予了我看风景的勇气。凌晨的天空有如盛筵已散，星星悄然隐去了，天空只有一星一月遥遥相伴。那月半残着，但它姿态袅娜，就像跃出水面的一条金鱼。而那颗明亮的启明星，是上帝摆在我们头顶的黑夜尽头的最后一盏灯。即使它最后熄灭了，也是熄灭在光明中。

美景，总在半梦半醒之间

太阳是不大懂得养生的，只要它出来，永远圆着脸，没心没肺地笑。它笑得适度时，花儿开得繁盛，庄稼长势喜人，人们是不厌弃它的；而有的时候它热情过分了，弄得天下大旱，农人们就会嫌它不体恤人，加它身上几声骂。看来过于光明了，也是不好。月亮呢，它修行有道，该圆满时圆满着，该亏的时候则亏。它的圆满，总是由大亏小亏换来的。所以亏并不一定是坏事，它往往是为着灿烂时刻而养精蓄锐。

在故乡的夜晚，一本书，一杯自制的五味子果汁，就会给我带来踏实的睡眠。可是到了月圆的日子，情况就大不一样。穿窗而过的月光，会拿出主子的做派，进了屋后，招呼也不打，赤条条地，仰面躺在我身旁空下来的那个位置上。它躺得并不安分，跳动着，闪烁着，一会儿伸出手抚抚我的睫毛，将几缕月光送入我的眼底；一会儿又揉揉我的鼻子，将月华的芳菲再送进来。被月光这样撩拨着，我只能睡睡醒醒了。

月光和月光是不一样的。春天的月光，似乎也带着股绿意，有一种说不出的嫩；夏日的月光呢，饱满，丰腴，好像你抓上一把，它就能在指尖凝结成膏脂；秋天的月光，一派洗尽铅华的气质，安详恬淡，如古琴的琴音，悠远，清寂；冬天的月光虽然薄而白，但它落到雪地后，情形就不一样了，雪地上的月光新鲜明媚得像刚印刷出来的年画。所以冬日赏月，要立在窗前。看着月光停泊在雪地后焕发出的奇异光芒，你会想，原来雪和月光，是这世上最好的神仙眷侣啊。相比较，冬春之交的月光，就没什么特别动人之处了。雪将化未化，草将出未出，此时的月光，也给人犹疑之感，瑟瑟缩缩的。

今年四月十日，是满月的日子，又是周末，故乡的亲人们聚在一起，做了几道风味独特的菜，大家快活地喝酒聊天。晚饭后，我回到自己的住处时，月亮已经升起来了。微醺的缘故，未及望月，我就熄灯睡了。大约凌晨三点钟的样子吧，我被渴醒了。床畔的小书桌上，通常放着一杯白开水。室内似明非明，我起身取水杯的时候，发现杯壁上晃动着迎春枝条般的鹅黄光影。心想月光大约太喜欢玻璃杯了，在它身上作起了画。喝过那杯被月光点化过的水，无比畅快。回床的一瞬，我有意无意地望了一下窗外，立时被眼前的情景镇住了：天哪，月亮怎么掉到树丛中了？我见过的明月，不是东升时蓬勃跳跃在山顶上的，就是夜半时高高吊在中天的，我还从没见过栖息在林中的月亮。那团月亮也许因为走了一夜，被磨蚀得不那么明亮了，看上去毛茸茸的，更像一盏挂在树梢的灯。那些还未发芽的树，原本一派萧瑟之气，可是掖在林间的月亮，把它们映照得流光溢彩，好像树木一夜之间回春了。

看过了这样的月亮，我再回到床上时，又怎能不被美给惊着呢！虽然我接着睡了，可是往往眯上二三十分钟的样子，又惦记着什么似的，醒来了。只要睁开眼，蒙眬中会望一眼窗外——啊，月亮还在林间，只不过更低了些。再睡，再醒来，再望，也不知循环往复了多少次，月亮终于沉在林地上，由灯的形态，变幻成篝火了。这是那一夜的月亮，留给我的最后印象。

第二天彻底醒过来时，天已大亮。窗外的山，哪还有满月时的胜景。消尽了白雪而又没有返青的树，看上去是那么的单调。虽然寻不见月亮的踪迹，但我知道它因为昨夜那一场热烈的燃烧，留下了缺口，不知去哪儿疗伤去了。因为它燃烧得太忘我了，动了元气，所以不管怎么调理，此后的半个月，它将一点点地亏下去。待它枯槁成弯弯的月牙儿，才会真正复苏，把亏的地方，再一点点地盈满。它圆满后，不会因为一次次地亏过，就不燃烧了。因为月亮懂得，没有燃烧，就不会有灰烬；而灰烬，是生命必不可少的养料。

我怎么能想到，在印象中最不好的赏月时节，却看见了上天把月亮抛在凡尘的情景呢。在那个时刻，那团月亮无疑成了千家万户共同拥有的一盏灯。假使我彻头彻尾醒着，这样的风景即使入了眼，也不会摄人心魄。正因为我所看到的一切在黎明与黑夜之间，在半梦半醒之间，那团月亮，才美得夺目。

年年依旧的菜园

外祖母家有一片很大很大的菜园。春天一到，最先种上的是菠菜、生菜和白菜，之后种香菜、水萝卜和土豆，再之后种那些爬蔓的植物：豆角、倭瓜、黄瓜等。当然，如果弄到了茄子秧、柿子秧和辣椒秧，它们也一定会被恰到好处地栽种在园子里，那时候菜园中菜蔬的品种可就丰富多彩了。

外祖母对外祖父说："你去给园子锄锄草。"

我便跟着外祖父到园子中锄草。

外祖父对外祖母说："你去园子中给我弄点葱来蘸酱。"

我便跟着外祖母到园子中拔葱。

我常常在帮助外祖父锄草的时候将苗也锄了下来，我也往往在帮外祖母拔葱的时候将葱根断在土里。

我总是帮倒忙，但外祖父和外祖母从不责备我，我是太爱菜园了。

菜园中不总种菜，也种花。花种在边边角角的地方。有步步高、胭粉豆、大烟花、地瓜花、爬山虎，当然种的最多的要数扫帚梅了。只要花一开，蜜蜂和蝴蝶也就来了。绿油油的菜地衬托着紫白红黄的花朵，看上去美极了。

如果看厌了菜园的景致，当然还可以走出院子到自留地去。自留地的面积可要比菜园大多了，它大多种苞谷和麦子。我喜欢啃青苞谷吃，那滋味甜丝丝的，感觉是在吃糖，可又比糖的味道柔和多了。而我喜欢麦子并不喜欢它的果实，我喜欢麦芒，那些像胡子茬儿一样的麦芒可以用来挠痒痒。

太阳下山了，菜园中还散发着阳光留下的余温，待到月亮升起的时候，菜园完全是另外的景致了。分不清哪里是花，哪里是菜，只是见月光像泉水一样倾泻下来，把那些开花的和不开花的植物全都镀上一层银光。这时候蜜蜂和蝴蝶都不见了，只是听得见水边青蛙的叫声，像是在歌颂月夜下菜园的美景。而当天色微明、菜园中的植物感染了浓重的露水、太阳忽然跃出山顶将露珠照散的时候，农人们也就下田干活了。

外祖父和外祖母都是农民。农民是土地真正的主人。我扯着外祖父的手时感觉那手是粗糙而荒凉的，我扯着外祖母的手时感觉那手也是粗糙而荒凉的。外祖父摆弄那些农具的时候我便也跟着摆弄，外祖母给地施肥时我便也跟着施肥。

我不喜欢谷子。外祖母就说：“谷子是粮食啊，人是靠它才活命的啊。”我就渐渐喜欢上了谷子。

外祖父说：“别小看我这片菜园和自留地，它可以养活城里的几十条人命呢。”

我便知道城里其实是个很贫乏的地方。

外祖母告诉我，我生活的地方就是农村，我便知道农村是广大的，我也知道那些菜地和麦田都是农民的命根子。我跟着他们学会了打垄、锄草、间苗、施肥和收割，所以直到如今我的手仍然缺乏女性的细腻和柔美，它们同样是粗糙而荒凉的。

当我的这双手远离了那些农具的时候，我就很自然地用手拿起笔回忆那些让人感觉到朴实和亲切的消逝了的日子。回忆那菜园，菜园中的蚂蚱和蜻蜓；回忆麦田，丰收后有稻草人屹立在麦田里的情景。我便觉得那田野的风又微微吹来，我的心头不再是一潭死水，我生命的血液又会畅快地在体内涌流起来。

当我坐在城市的咖啡厅里听着那些饱食终日的人发着空虚的牢骚，我便会想到外祖父劳累一天后吃罢晚饭沿着菜园散步的情景。外祖父呼吸着真正的空气，所以无论在他生前还是死后，他的睡眠都是安详的。如今他在他种过黄豆和玉米的土地上安息了。

外祖母依然健在，她仍然用她粗糙而荒凉的手忙碌在菜园里。外祖母种的菜外祖父如今是吃不到了，就由她的儿孙们来吃，而到了她的儿孙们也吃不到的时候，外祖母肯定早就不在人间了。而菜园总要有人种下去。人一代代地老下去，菜园却永远不老。

冬天来了。冬天来了的时候菜园就被白雪覆盖了。那些好看的蚂蚱和蜻蜓不见了，那些花和碧绿的菜蔬也都死灭了。白雪覆盖着生长过茂盛植物的土地，白雪同样覆盖着为耕种这些植物而死去了的人的灵魂。那些寂寞而宽厚的依附着土地的灵魂。

我的手是粗糙而荒凉的。

我的文字是粗糙而荒凉的。

故乡的吃食

北方人好吃，但吃得不像南方人那么讲究和精致，菜品味重色暗，所以真正能上得了席面的很少。不过寻常百姓家也是不需要什么席面的，所以那些家常菜一直是我们的最爱。

如果不年不节的，平素大家吃得都很简单。由于故乡地处苦寒之地，冬季漫长，寸草不生，所以吃不到新鲜的绿色蔬菜。我们食用的，都是晚秋时储藏在地窖里的菜：土豆、萝卜、白菜、胡萝卜、大头菜、倭瓜，当然还有腌制的酸菜和夏季时晒的干菜，比如豆角干、西葫芦干、茄子干等等。人们喜欢吃炖菜，冬天的菜尤其适合炖。将一大盆连汤带菜的热气腾腾的炖菜捧上桌，寒冷都被赶走了三分。人们喜欢把主食泡在炖菜中，比如玉米饼和高粱米饭，一经炖菜的浸润，有如酒经过了岁月的洗礼，滋味格外地醇厚。而到了夏季，炖菜就被蘸酱菜和炒菜代替了。园田中有各色碧绿的新鲜蔬菜，菠菜呀黄瓜呀青葱呀生菜呀等等，都适宜生着蘸酱吃；而芹菜、辣椒等等则可爆炒。这个季节的主食就不像冬天似的以干的为主了，这时候人们喜欢喝粥，芸豆大碴子粥、高粱米粥以及小米绿豆粥是此时餐桌上的主宰。

家常便饭到了节日时，就像毛手毛脚的短工，被打发了，节日自有节日的吃食。先从春天说起吧。立春的那一天，家家都得烙春饼。春饼不能油大，要擀得薄如纸片，用慢火在锅里轻轻翻转，烙到白色的面饼上飞出一片片晚霞般的金黄的印记，饼就熟了。烙过春饼，再炒上一盘切得细若游丝的土豆丝，用春饼卷了吃，真的觉得春天温暖地回来了。除了吃春饼，这一天还要“啃春”，好像残冬是顽石一块，不动用牙齿啃噬它，春天的气息就飘不出来似的。我们啃春的对象就是萝卜，萝卜到了立春时，柴的比脆生的多，所以选啃春的萝卜就跟皇帝选妃子一样周折，既要看它的模样，又要看它是否丰腴，汁液是否饱满。很奇怪，啃过春后，嘴里就会荡漾着一股清香的气味，恰似春天草木复苏的气息。立春一过，离清明就不远了。人们在这一天会挎着篮子去山上给已故的亲人上坟。篮子里装着染成红色的熟鸡蛋，它们被上过供后，依然会被带回到生者的餐桌上，由大家分食，据说吃了这样的鸡蛋很吉利。而谁家要是生了孩子，主人也会煮了鸡蛋，把皮染红，送与亲戚和邻里分享。所以我觉得红皮鸡蛋走在两个极端上：出生和死亡。它们像一双无形的大手，一手把新生婴儿托到尘世上，一手又把一个衰朽的生命送回尘土里。所以清明节的鸡蛋，吃起来总觉得有股土腥味。

清明过后，天气越来越暖了，野花开了，草也长高了，这时端午节来了。家家户户提前把风干的粽叶泡好，将糯米也泡好，包粽子的工作就开始了。粽子一般都包成菱形，若是用五彩线捆粽叶的话，粽子看上去就像花荷包了。粽子里通常要夹馅的，爱吃甜的就夹上红枣和豆沙，爱吃咸的就夹上一块腌肉。粽子蒸熟后，要放到凉水中浸着，这样放个两天三天都不会坏。父亲那时爱跟我们讲端午节的来历，讲屈原，讲他投水的那条汨罗江，讲人们包了粽子投到水里是为了喂鱼，鱼吃了粽子，就不会吃屈原了。我那时一根筋，心想：你们凭什么认为鱼吃了粽子后就不会去吃人肉？我们一顿不是至少也得吃两道菜吗？吃粽子跟吃点心是一样的，完全可以拿着它们到门外去吃。门楣上插着拴着红葫芦的柳枝和艾蒿，一红一绿的，看上去分外明丽，站在那儿吃粽子真的是无限风光。我那时对屈原的诗一无所知，但我想他一定是个了不起的诗人，因为世上的诗人很多，只有他才会给我们带来节日。

端午节之后的大节日，当属中秋节了。中秋节是一定要吃月饼的。那时商店卖的月饼只有一种，馅是用青红丝、花生仁、核桃仁以及白糖调和而成的，类似于现在的五仁月饼，非常甜腻。我小的时候虫牙多，所以记得有两次八月十五吃月饼时，吃得牙痛，大家赏月时，我却疼得呜呜直哭。爸爸会抱起我，让我从月亮里看那个偷吃了长生不老药而飞入月宫的嫦娥，可我那双蒙眬的泪眼看到的只是一团白花花的东西。月光和我的泪花融合在一起了。在这一天，小孩子们爱唱一首歌谣："蛤蟆蛤蟆气臌，气到八月十五，杀猪、宰羊，气得蛤蟆直哭。"

蛤蟆的哭声我没听到，倒是听见了自己牙痛的哭声。所以我觉得自己就是歌谣中那只可怜的蛤蟆，因牙痛而不敢碰中秋餐桌上丰盛的菜肴。

中秋一过，天就凉了，树叶黄了，秋风把黄叶吹得满天飞。雪来了。雪一来，腊月和春节也就跟着来了。都说腊七腊八冻掉下巴，所以到了腊八的时候，人们要煮腊八粥喝。腊八粥的内容非常丰富，粥中不仅有多种多样的米，如玉米、高粱米、小米、黑米、大米；还有一些豆类，如芸豆、绿豆、黑豆等。这些米和豆经过几个小时慢火的熬制，香软滑腻，喝上这样一碗香喷喷的粥，真的是不惧怕寒风和冰雪了。

一年中最大最隆重的节日莫过于春节了。我们那里一进入腊月，女人们就开始忙年了。她们会每天发上一块大面团，花样翻新地蒸年干粮，什么馒头、豆包、糖三角、花卷、枣山，蒸好了就放到外面冻上，然后收到空面袋里，堆置在仓房，正月时随吃随取。除了蒸年干粮，腊月还要宰猪。宰猪就是男人们的事情了。谁家宰猪，那天就是谁家的节日。餐桌上少不了要有蒜泥血肠、大骨棒炖干豆角、酸菜白肉等令人胃口大开的菜。

人们一年的忙活，最终都聚集在除夕的那顿年夜饭上了。除了必须要包饺子之外，家家都要做上一桌的荤菜，少则六个，多则十二、十八个，看到盘子挨着盘子，碗挨着碗，灯影下大人们脸上的表情是平和的。他们很知足地看着我们，就像一只羊喂饱了它的羊羔，满面温存。我们争着吃饺子，有时会被大人们悄悄包到饺子里的硬币给硌了牙，当我们当啷一声将硬币吐到桌子上时，我们就长了一岁。

原来姹紫嫣红开遍

好在繁华落尽，我心存有余香，光影消逝，仍有一脉烛火在记忆中跳荡，让我依然能在每年的这个时刻，在极寒之地，幻想春天！

年画与蟋蟀

最早迎接年的，不是灯笼、春联和爆竹，而是年画。

我家贴年画总是在腊月二十七、二十八的晚上，这是全家人都要参与的一项最美丽最快乐的劳动。我们把炕擦得又光又亮，将从城里书店买来的卷在一起的年画在炕上展开，随着一股芳香的油墨味飘扬而出，年画那鲜艳的油彩也就扑入眼帘了，让人仿佛在瞬间看见了春天。这时候年画成了太阳，而我们是葵花，我们的脑袋都探向它，沐浴着它散发出的暖人的光泽。我们一张张地欣赏着年画，议论着该把它们贴到哪个屋子的哪面墙上。通常来说，大屋中的北墙是贴年画最重要的位置，因为这面墙最为宽大，而且由南门进得屋子，最先看到的就是这面墙。还有，大屋的炕上住的是父母大人，他们躺在炕上，抬眼就可看到对面的北墙，如果那上面张贴的画不够精彩和悦目的话，想必他们也会觉得压抑的。不过在选择北墙的年画上，爸爸和妈妈常常意见不一。爸爸喜欢那些故事性强、笔法细腻灵动、色彩雅致的，如《武松打虎》《三打祝家庄》，而妈妈喜欢那些富有民间传奇故事色彩并且画面印有吉祥图案的年画，比如杨柳青年画，那里面要金麒麟有金麒麟，要荷花有荷花，要鲤鱼有鲤鱼，要寿桃有寿桃，这就很符合妈妈的审美观、理想观。我们姐弟三人在他们意见相左时是做评判的，弟弟由于跟爸爸妈妈睡一铺炕，他很有发言权。他要是相中了哪一张，就拿着图钉往北墙摁了，而那画面上基本是些舞枪弄棒的古装画，这遂了爸爸的心意，妈妈却不很高兴，但大人过年原本就是为了哄小孩子过的，妈妈也不说什么，赶紧折中拣上一张《猪八戒背媳妇》的画挤上去，使那带金戈铁马的画面有了点喜庆的气氛。我和姐姐住的屋子，张贴的基本是那些胖娃娃与花朵的年画。当然，有的时候也有人物画，比如《红楼梦》中的《晴雯撕扇》《探春结社》《宝钗扑蝶》《黛玉葬花》等画，还有《草原英雄小姐妹》等。我妈妈不喜欢我们贴《黛玉葬花》，嫌那画面太凄凉。就是表现龙梅和玉荣保护集体羊群事迹的《草原英雄小姐妹》，妈妈也不喜欢，她大约怕我和姐姐也遭遇那样的暴风雪吧。最后上了我们屋子墙壁的，都是些光着屁股的童男童女，他们往往脚踏金麒麟或满载金元宝的船，怀抱红鲤鱼或者大寿桃，脚腕和手腕上套着莹光闪烁的珍珠，脖子上戴着金项圈。画的四周又往往环绕着红牡丹和“福”字，看上去热闹而俗气。我最不喜欢年画上印有“福”字，如果它出现在画的边缘倒也可以忍受，倘若画面的中心是一个胖娃娃举着个巨大的“福”字，我就不能容忍了，一定坚持不能上我们小屋的墙。因为除夕贴春联时，所有的门窗都要贴上大大小小的“福”字，这张面孔熟得不能再熟了，已经让人生厌。所以到了正月里，风把门上的“福”字刮掉，狗叼着它，舔舐它背后用面粉打成的糨糊时，我就有一种快感，想着它为了给人昭示好运而忍饥受冻地站着，最终却落到了狗嘴里，实在是开心。

年画被分派好位置后，各就各位就很容易了。通常是父母一手拈着画的一角，一手拿着图钉张贴，而我们坐在炕上帮他们看画与画之间对得齐不齐。我们的眼力有时也出问题，待画贴好了，从炕上跳到地上再仔细一望，原来贴歪了，于是大家就在笑声中重来，这更让人感觉到年的滋味的浓郁。

正月里，家家都挂着花灯，城里的秧歌队也会走上十几里的山路来我们小镇表演。我家挂的灯笼，总是红色的宫灯，而糊灯笼是我的活计。也许因为我是正月十五灯节出生的缘故，而且乳名又唤作“迎灯”，所以他们总是把与灯有关的活派给我。很奇怪，我在绣花和缝纫上笨手笨脚的，但糊灯笼却是无师自通，十分娴熟。我知道将红纸裁剪成什么形状，就能恰到好处地糊在灯笼的骨架上。糊的时候还要掌握好松紧度，太紧了容易使灯笼像熟透的果子而绽裂了皮，太松了纸张又容易起褶皱，使它看上去就像生了皱纹，老气横秋的。我糊灯笼的时候，妈妈往往会摆上一盘炸的江米条来犒劳我，我像狗一样用舌头舔着它吃，不敢伸手去抓，怕手沾上油污，弄脏了灯笼。由于爱灯笼，所以年画中出现它的影子，我是不厌烦的，而且只喜欢红色的宫灯，它看上去饱满而又美观。至于走马灯、南瓜灯，我就没有那么热爱了。

有一年学校组织了一支秧歌队，要在灯节的那一天表演秧歌，规定每个成员都要做一盏花灯。我妈妈求人为我做了一盏白菜灯。它的底部用的是白纸，上面张开的叶片用的则是绿纸。这灯白天看上去并不起眼，而一旦晚间点燃了它，它的美就幽幽呈现了。白纸和绿纸的光焰一交融，白纸就泛着柳树新绿的光泽，而绿纸上则仿佛洒满了月光，那种绿柔和而纯净极了。我举着白菜灯扭秧歌的时候，前来观看的家人找不到我，就找那盏白菜灯，一找就找着了，它在众多的灯中显得那么与众不同。我用不着展示自己的舞姿，只需挥动着胳膊，让它跳来跳去就可以了。我听见围观者不时发出对白菜灯的赞叹声，都说它水灵、好看，这让我得意非凡。

回家之后，我异想天开地想绘制一幅关于白菜灯的年画，连画的位置都物色好了，就贴在后窗的左侧，这样它与右侧悬挂的月份牌就成了一对姊妹了。我找来一张十六开的白纸，把彩色蜡笔摆好，先用铅笔描画了一个小女孩的形象，让她一只胳膊垂着，一只胳膊举着白菜灯，然后给画涂色。也许蜡笔的质地太粗糙，涂来涂去，灯不像个灯样，女孩也没个女孩样，而蜡笔中鲜润的颜色已基本被耗尽了，只剩下那些深色调的，让我好不失望。我做的第一张年画，就付之一炬了。想必火炉也是要过年的，它收留和吞噬它的时候是那么的惬意和畅快。而我的后窗的左侧，仍然是一片空白，那右侧的月份牌，也就只能独自流逝着岁月了。

那时我们一家人最喜欢的娱乐，就是晚间聚集在大屋的炕上打扑克。我们只穿着背心和短裤，围成一圈。谁输了，谁的嘴唇上就会被粘上用一张纸条做的白胡子。爸爸暗中总是给我们让牌，所以每次都是他挂的白胡子多。我爱倚着北墙，因为这样坐着，肩头上扛的就是年画了。出了正月的年画就不那么鲜亮了，到了夏季，我们拍苍蝇和蚊虫时，又往往给这画增添了污迹。但它毕竟是年画呀，想着这旧的年画总有一天会被新的替代，就觉得日子是有盼头的。我们在年画下打扑克时，还喜欢从菜窖中取出一个青萝卜，把它洗净后切成片，当水果来吃。所以我们家的牌局可称为“萝卜牌局”。口中嚼着脆生生的萝卜，手里握着一把扑克牌，这日子已经足够滋润的了。偏偏还要有锦上添花的事情发生，那就是蟋蟀的叫声，我们管蟋蟀叫“蛐蛐儿”。蛐蛐儿常常在我们打牌的时候，在灶房发出清丽婉转的叫声，好像在为我们伴奏。它们喜欢待在阴湿的水缸旁边，平素你看不到它们的身影，但到了夜晚，它们却像夜莺一样亮开歌喉了。因为蛐蛐儿的学名叫“蟋蟀”，我们那一带的人依据其中的那个“蟋”字，把它和“喜”字联系到一起，所以蟋蟀的叫声就是吉祥的象征了。我打扑克的时候一听到蟋蟀叫，就忍不住要看一眼年画，好像蟋蟀蹦到了年画上，并且要从年画上跳到我的肩头似的。所以我回忆起年画，最先出现在脑海中的并不是色彩，而是声音。那笼罩着蟋蟀叫声的年画，虽然早已飘零了，但今天的蟋蟀仍然会在寂静的夜晚，用它那令我们无比熟悉的歌喉，把三十年前的夜晚给我们嚯嚯地叫回来。

白雪红灯的年

除夕的清晨，我被零星的爆竹声扰醒。撩开窗帘，见山色清幽，太阳还没出来，于是又钻回被窝，睡到八点多。再次被接二连三的爆竹声唤醒时，霞光已经把兴安岭的一道道雪线映红了。看来老天也知道过年了，特意让霞光化作春联，贴在山间。想必老天贴的春联，是用云彩做的砚台，用银河之水做的墨汁，用彩虹做的笔管，所以这不凡的春联看上去明丽脱俗，充满了朝气。

吃过早饭，我也给家门贴上春联和“福”字。那副烫金的大红春联，看上去就像两行飞向天空的金丝雀，给人喜气洋洋的感觉。而门中央的“福”字，真的像丁亥年的一头小金猪，肥嘟嘟的，讨人喜欢。

我喜欢大自然的红色，如朝霞晚霞，玫瑰百合。可对针织品的红色，我热爱不起来。我不喜欢红色的床盖、窗帘和衣服，见了它们，眼睛会疼。前年春节回家，妈妈给我的卧室挂上了一幅红地黄花的新窗帘，我感觉窗前就像飘着两朵乌云，说不出的压抑。结果，当夜就把米色的窗帘换回去，这才心臆舒畅，安然入梦。二十五岁前，我还穿过几件红衣，戴过红帽子。可是近二十年来，红色的衣服在我的衣橱中几乎绝迹了。我钟爱黑白、灰色和咖啡色。每年除夕，家人大红大紫地装扮自己的时候，我依然素衣素服，最多穿上一双红袜子。结婚的时候，我打了一件红色毛线开衫，可婚礼一过，就把它压在箱底了。我的一个朋友，说我命运的变故与爱穿黑白色的衣服有关，这说法着实把我吓着了。如果那样的衣服真的是生活的下下签，我为什么要屡屡抽它们呢？于是，我尝试着改变颜色，将眼界放在水粉和橘黄上。可对于红色，我还是有些犹疑和畏惧。就连我妈妈和姐姐看我穿了红衣服后，也会摇着头说，不好看，不好看！

二〇〇七年元旦过后，我逛商场的时候，看到了一件枣红色的羊绒开衫。它软软地、茸茸地搭在衣架上，看上去懒洋洋的，很有点邻家女孩的味道，让人觉得亲切。它的红是收敛的红，红得有分寸，有气质，不张扬，不造作，我动了心。但因为它是红色的，还是心存着警惕，从它身边走开。

回家后，我的眼前老是晃动着那件红衫，它像一团火在我心中燃烧，于是，隔了几天，把它买回，即刻穿在身上。站在镜子面前，觉得自己身披霞光，便没舍得脱下，一路穿进年关。如今，它陪伴着我，给家门贴上了大红的春联；又在阳台结了霜雪的窗前，挂上了大红的灯笼。

家中有了春联和灯笼，如同有了门神和天使的眼睛，关上这样的门时，虽然知道家中无人，可却觉得屋子里是有呼吸和脚步声的。

我锁上自家的门，下楼，去弟弟家。每年除夕，母亲都会在他那里。母亲在哪儿，哪儿便是年。

这样的雪路我已经不知走了多少遍了。

从我家到弟弟家，是由城东到城西。塔河是个小城，腊月时，人们都在忙年，采买物品，街上是热闹的。到了除夕，年是瓜熟蒂落了，街市中就少见行人车辆了。我沿着街边的雪路，慢慢地走，呼吸着清冷而新鲜的空气。不管什么季节，兴安岭的天空都是蓝的。这种透明的无瑕的蓝，对久居都市、为烟尘所困扰的我来说，就是《福音书》。阳光把雪地照得焕发出橘黄的光芒。街灯下面，是一串串的红灯笼。白雪红灯，格外分明。

我在除夕街头，碰见的第一个人，是个痴呆。他逍遥地走在杨树下，兴冲冲的，衣衫褴褛，敞着怀，没戴棉帽和手套，自得其乐地打着口哨。我看了他一眼又一眼，等于领受了新年的“憨福”。接下来遇见的，是一个骑着自行车的中年男人，他的车后座上吊着两个油渍渍的桶，看来是去饭店收猪食的。他的眉毛和胡子上濡着霜雪，想必在寒风中奔波了很久了。

除了理发店，大多的店铺都关了。店铺贴的春联又长又宽，十分醒目，那些陈旧的房屋因而显得亮堂了。小孩子在街角放着鞭炮，好像在空中甩着鞭子，一声声地吆喝着年。年是什么？是打着滚下坡的山羊吗？如果是那样的话，它们将从山上的雪松下滚过。在兴安岭，只有它们满身苍绿，富有春的气息。

我在寒风中步行了半个多小时，只是在大世界门前看见了两个摊床，一个是卖糖葫芦的，一个是卖鞭炮的。糖葫芦和鞭炮虽然姿容灿烂，但它们却是红颜薄命的。前者因取悦人的嘴而消融，后者因取悦人的眼而消散。不过鞭炮在绽裂时，会焕发出一瞬千年之美。

弟弟家已经把年夜饭准备好了。他们家的阳台，也挂起了红灯笼。天色渐晚，寒意愈深，红灯笼亮了起来。站在阳台上向下一望，见那满街的红灯笼，就像老天垂下来的一只只红碗！它们盛着星光和爆竹幽微的香气，为人间祈福。这座白雪覆盖着的小城，因为有了这些红灯笼，暖意融融。在没有鸟语花香的春节里，在北风和飞雪中，红灯笼就是报春花啊。

我恍然明白，人们之所以穿上红衣，是想用这火焰般的颜色，烧碎这沉沉暗夜，驱散这弥漫在天地间的苍凉啊。看来夜有多黑，就有多么光明的心；世界有多寒冷，就有多么如火的激情！如果没有这样的红色作为使者，北方的年，又怎能有春的气象呢？

原来姹紫嫣红开遍

——关于年货的记忆

我对年货的记忆，是从腊月宰猪开始的。

三四十年前，大兴安岭山林小镇的人家，没有不养猪的。一般的人家是春天抓猪崽，喂上一年，不管它长多大，进了腊月门，屠夫就提着刀，上门要它们的命了。猪挨宰时嗷嗷叫着，乌鸦闻着血腥味，呀呀叫着飞来。不过好的屠夫，会让它连一滴血都尝不着。血被接到盆里，灌了血肠吃了！猪被大卸八块后，家家会敞开肚子吃顿肉，然后把余下的作为年货，存在仓房的大木箱里。怕它风干了味道不好，人们在储肉箱里撒上雪。大兴安岭不趁别的，就趁雪花，你想撒多少就撒多少。有的人家图省心，干脆把肉埋在院子的雪堆里。可是吃的时候去拿，发现肉少了！在黑夜里做强盗的不是人，而是那些会倒洞的黄鼠狼！它们有拖走东西的本事。

有了猪肉，除夕夜的肉馅饺子就有了主心骨。可光有肉还不行，那夜的餐桌上，还必须有鸡，有鱼，有豆腐，有苹果，有芹菜和葱。鸡是“吉利”，鱼是“富余”，豆腐是“福气”，苹果是“平安”，芹菜是“勤劳”，葱则是“聪明”，这些一样都不能少！过年不能吃酸菜，说是“辛酸”；白菜也不能碰，说是“白干”。

腊月宰过猪，就得宰鸡了。宰猪要请屠夫，宰鸡一般人家的女主人就能做。鸡架在霜降时，就从院子抬进了灶房，跟人一起生活了。这些过冬的鸡，基本都是母鸡，养它们是为了来年继续生蛋，而鸡架的大公鸡，不过一两只，主人留它们，是为了年夜饭，所以只能活半冬。公鸡死后，我们会把它身上漂亮的羽毛拔下来，以铜钱为垫，做鸡毛毽子，算是女孩子献给自己的年礼吧。

年三十餐桌上的鱼，通常是冻鱼，胖头鱼、鲅鱼、刀鱼之类。这是供给制时代，能够买到的鱼。做鱼不能剁掉头尾，说是“有头有尾”，年景才好。女主人的菜刀要是不慎伤及头尾，就会很慌张，担心未来的日子起波折，所以过年时的菜刀不敢磨得太快。在鱼身上，除了防菜刀，还得防猫。闻着腥的猫，两眼放光，你一不留神，大半条鱼就被它消灭了！所以很多人家的猫，这时会被关在小黑屋。人在过年，猫在受苦，它的忧伤可想而知了。

有没有吃到鲜鱼的可能呢？那得看家中男主人捕鱼的本领和运气了。在冰河凿口冰眼，下片渔网，有时能捕到葫芦籽和柳根鱼。这类鱼都不大，上不了席面。谁要是捉到鲇鱼和花翅子，那就是中了彩了！这种能镇得住除夕宴的鱼，会让从冰河回家的男主人腰杆挺直，进屋后有老婆的热脸迎着，有热酒迎着。当然，晚上吹灯后还有热炕头的缠绵迎着。只是这样走运的男人很少，绝大多数都是如我父亲一样的人，空手而回。

比起鲜鱼，豆腐就很容易获得了。我们小镇有两爿豆腐房，得到豆腐除了用钱，还可用黄豆换。一般来说，换干豆腐，比水豆腐用的黄豆多。男人们扛着豆子去豆腐房时，你从他们肩上袋子的大小上，就能看出这家过年需要多少豆腐。莹白如玉的水豆腐进了家门，无非两种命运，一种切成小方块进了油锅，炸成金黄的豆腐泡，另一种则直接摆在户外的木板上，等它们冻实心了，装进布袋，随吃随取。

除夕宴上的葱，是深秋储下的。葱在我眼里是冬眠的菜蔬，它在零下三四十摄氏度的严寒中，看似冻僵了，可是进了温暖的室内，你把它扔在墙角，一夜之间，它就缓过气来，腰身变得柔软了！又过几天，它居然生出翠绿的嫩芽了，冻葱变成水灵灵的鲜葱了！至于芹菜，它也来自园田，不过它与葱不同，要是挨冻，就是真的冻死了！芹菜秋天时割下来打捆，下到户外的菜窖里。两三米深的菜窖，储藏着土豆、萝卜、大白菜等越冬蔬菜，芹菜就和它们同呼吸共命运了。不过芹菜没有它们耐性好，叶片很快萎黄，幸而它的茎，到年关时没有完全失去水分，仍然能做馅料。我小时一听大人们骂架，诅咒对方下地狱时，我就想，地下有什么可怕的，冬天时漫天飞雪，地窖却是春天呀！

年夜饭中唯一的冷盘，就是苹果了。苹果可用鲜的，也可用罐头的。我们那时更喜欢罐头的，因为它甜！这两种苹果的获得，都是在供销社，拿钱来买。除了买苹果，我们还要买烟酒糖茶，花生瓜子，油盐酱醋，冻柿子冻梨。最重要的是，买上一摞新碗新盘子，再加一把筷子，意谓添丁进口，家族兴旺。

在置办年货上，家中的每个人都会行动起来，各司其职。主妇们要去供销社扯来一块块布，求裁缝裁剪了，踏着缝纫机给一家人做新衣。腊月里猪的号叫，总是和着缝纫机的哒哒声。缝纫机上的活儿忙完了，她们还得蒸各色年干粮，馒头、豆包、糖三角、菜包等等。馒头这时成了爱美的小姑娘，女人们会用筷子蘸着印泥，在正中央给它点上一枚圆圆的红点，那是馒头的眉心吧。除了这些，她们还要做油炸江米条和蕉叶子，作为春节的小点心。

那些平素淘气惯了的男孩子，这时候也得规规矩矩地忙年。他们负责买鞭炮，买回后放到热炕上，让它干燥着，这样燃放起来更响亮。他们得拿起斧头，劈一堆细细的松木柈子，让除夕夜的灶火旺旺的！他们还要帮着大人竖灯笼杆，买来彩纸糊灯笼。不过在我们家，糊灯笼是我的事情。因为我是元宵节天将黑时出生的，父亲送了我一乳名“迎灯”，家人认定我的名字中有光明，糊灯笼非我莫属。不过我糊灯笼是讲条件的，那就是提前享用油炸小点心，虽然母亲不情愿，但为灯笼着想，只得依从。我给圆圆的宫灯糊上一圈红纸后，会用金黄的皱纹纸，为它铰上飘逸的穗子，粘在灯座上，让灯长出金胡子！

那时还没有印刷的春联，作为校长的父亲，因毛笔字写得好，腊月里就有很多人家求他写春联和福字。人们送来红纸，我帮着裁纸，父亲挥毫。写好一副，待墨迹干了，就把它卷起放到一边，写另外一家的。有时父亲让我编写春联，他也采纳过一副，是贴在仓房上的，记忆中我把他的小名“满仓”嵌了进去。父亲写完春联，会给我们做一盏用木座和罐头瓶子做成的灯。为了获得完美的灯罩，他得从户外捡回挂着霜雪的罐头瓶，然后飞快地将一瓢热水浇下去，这样它的底儿就会砰然脱落。当然，取灯罩并不容易，有时一瓢热水下去，它整个碎了，只能弃了；有时那罐头瓶子如烈女一般，热水泼来，依然故我。父亲只得再跑回雪地中，去翻找罐头瓶子。

小年前后，我会和邻居的女孩子搭伴，进城买年画。好像女孩子天生就是为年画生的，该由我们置办。小镇离城里十几里路，腊月天通常都在零下三四十摄氏度，我们穿得厚厚的，可走到中途，手脚还是被冻麻了。我们知道生冻疮的滋味不好受，于是就奔跑。跑得快，血脉流通得就快，身上就不那么冷了。我们跑在雪地上的时候，麻雀在灰白的天上也跑，也不知它们是否也去购置年画。天上的年画，该是西边天绚丽的晚霞吧！进了城里的新华书店，我们要仔细打量那一幅幅悬挂的年画，记住它们的标号，按大人的意愿来买。母亲嘱咐我，画面中带老虎的不能买，尤其是下山虎；表现英雄人物的不能买，这样的年画不喜气。她喜欢画面中有鲤鱼元宝的，有麒麟凤凰的，有鸳鸯蝴蝶的，有寿桃花卉的。而父亲喜欢古典人物图画的，像《红楼梦》《水浒传》故事的年画。母亲在家说了算，所以我买的年画，以她的审美为主，父亲的为辅。这样的年画铺展开来，就是一个理想国。

买完年画，我们会去百货商店，给自己选择头绫子、发卡、袜子、假领子，再买上几包红蜡烛和两副扑克牌。那时我们小镇还没通电，蜡烛是家里的灯神。任务完成，我们奔向百货商店对面的人民饭店，一人买一根麻花，站着吃完，趁着天亮，赶紧回返。冬天天黑得早，下午三点多，太阳就落山了。想在天黑前到家，就要紧着走。我们嘴里呼出的热气，与冷空气交融，睫毛、眉毛和刘海染上了霜雪，生生被寒风吹打成老太婆了！不过不要紧，等进了家门，烤过火，身上挂着的霜雪化了，我们的朝气又回来了！

人们为自己办年货，也为离世的亲人办年货。逝去的人，未必坟茔就在近前。所以小年一过，小镇的十字路口，会腾起团团火光。人们烧纸钱时，不忘了淋上酒，撒上香烟。年三十的饺子出锅后，盛出的头三个饺子，要供在亲人的灵位前，请他们品尝。

我小的时候，父亲和爷爷都在时，我们只在十字路口为葬在远方的奶奶烧纸。爷爷去世后，除了给奶奶买下烧纸，爷爷那里也得备一份了。等我长大成人，父亲过世了，母亲预备下的烧纸，就比往年厚了。待到十年前我爱人因车祸离世，我回故乡过年，在给爷爷和父亲上过坟后，总不忘了单独买份烧纸，在除夕前夜，在我和爱人无数次携手走过的山脚下的十字路口，为回归故土的他，遥遥送上牵挂。火光卷走了纸钱，把我留在长夜里。

我快五十岁了，岁月让我有了丝丝缕缕的白发，但我依然会千里迢迢，每年赶回大兴安岭过年。我们早已从山镇迁到小城，灯笼、春联都是买现成的，再不用动手制作了。我们早就享用上了电，也不用备下蜡烛了。至于贴在墙上的年画，它已成为昨日风景，难再寻觅其灿烂的容颜了。我们吃上了新鲜蔬菜，可这些来自暖棚的施用了化肥的蔬菜，总没有当年自家园田产出的储藏在地窖里的蔬菜好吃。我们的生活变得越来越便利，越来越实际，可也越来越没有滋味，越来越缺乏品质！

我怀念三四十年前的年，怀念我拿着父亲写就的“肥猪满圈”的条幅，张贴到猪圈的围栏上时，想着猪已毙命，圈里空空荡荡，而发出的快意笑声；怀念一家人坐在热炕头打扑克时，为了解腻，从地窖捧出水灵灵的青萝卜，切开当水果吃，而那个时刻，蟋蟀在灶房的水缸旁声声叫着；怀念我亲手糊的灯笼，在除夕夜里，将我们家的小院映照得一片通红，连看门狗也被映得一身喜气；怀念腊月里母亲踏着缝纫机迷人的声响；怀念自家养的公鸡炖熟后散发的撩人的浓香；怀念那一杆杆红蜡烛，在新旧交替的时刻，像一个个红娘子，喜盈盈地站在我家的餐桌上，窗台上，水缸上，灶台上，把每一个黑暗的角落都照亮的情景！

可是这样的年，一去不复返了！在我对年货的回忆中，《牡丹亭》中那句最著名的唱词：“原来姹紫嫣红开遍，似这般都付与断井颓垣！”不止一次在我心中鸣响。好在繁华落尽，我心存有余香，光影消逝，仍有一脉烛火在记忆中跳荡，让我依然能在每年的这个时刻，在极寒之地，幻想春天！

撕日历的日子

又是年终的时候了，我写字台上的台历一侧高高隆起，而另一侧却薄如蝉翼，再轻轻翻几下，三百六十五天就在生活中沉沉谢幕了。

厚厚的那一侧是已逝的时光，由于有些日页上记着一些人的名址和电话，以及偶来的一些所思所感，所以它比原来的厚度还厚，仿佛预示着已去岁月的沉重。它有如一块沉甸甸的砖头，压在青春的心头，使青春慌张而疼痛。

发明台历的人大约是个年轻人，岁月于他来讲是漫长的，所以他让日子在长方形的铁托架上左右翻动，不吝惜时光的消逝，也不怕面对时光。当一年万事大吉时，他会轻轻松松地把那一摞用过的台历捆起，随便扔到什么地方让它蒙尘，因为日子还多得是呢。而对于中老年人来说，看着那一摞摞用过的台历，会有一种人生如梦的沧桑感。

于是想到了撕日历。

小的时候，我家总是挂着一个日历牌，我妈妈叫它“阳历牌”，我们称它“月份牌”。那是个硬纸板裁成的长方形的彩牌，上面是嫦娥奔月的图画：深蓝的天空，一轮无与伦比的圆月，一些隐约的白云以及袅娜奔月的嫦娥飘飞的裙裾。下面是挂日历的地方，纸牌留着一双细眯的眼睛等着日历背后尖尖的铜片插进去，完成与它亲密的吻合。那时候我每天最喜欢做的事情就是撕日历。早晨一睁开眼，便听得见灶房的柴禾噼啪作响，有煮粥或贴玉米饼子的香味飘来。这基本上是善于早起的父亲弄好了一家人的早饭。我爬出被窝的第一件事不是穿衣服，而是赤脚踩着枕头去撕钉在炕头被架子一侧的月份牌，凡是黑色字的日子就随手丢在地上，因为这样的日子要去上学，而到了红色字的日子基本上都是星期天，我便捏着它回到被窝，亲切地看着它，觉得上面的每一个字母都漂亮可爱，甚至觉得纸页泛出一股不同寻常的香气。于是就可以赖着被窝不起来，反正上课的钟在这一天成了哑巴，可以无所顾忌地放纵自己。有时候父亲就进来对炕上的人喊：“凉了凉了，起来了！”

“凉了”不是指他，是指他做的饭。反正灶坑里有火，凉了再热，于是仍然将头缩进被窝，那张星期日的日历就随之跟了进去。父亲是狡猾的，他这时恶作剧般地把院子中的狗放进睡房，狗冲着我的被窝就摇头摆尾地扑来，两只前爪搭着炕沿，温情十足地呜呜叫着，你只好起来了。

有时候我起来后去撕日历，发现它已经被人先撕过了，于是就很生气，觉得这一天的日子都会没滋味，仿佛我不撕它就没拥有它似的。

撕去的日子有风雨雷电，也有阳光雨露和频降的白雪。撕去的日子有欢欣愉悦，也有争吵和悲伤。虽然那是清贫的时光，但因为有一个团圆的家它无时不散发出温馨气息。被我撕掉的日子有时飘到窗外，随风飞舞，落到鸡舍的就被鸡一轰而啄破，落到猪圈的就被猪给拱到粪里也成为粪。命运好的落在菜园里，被清新的空气滋润着，而最后也免不了被雨打湿，沤烂后成为泥土。

有会过日子的人家不撕日历，用一根橡皮筋勒住月份牌，将逝去的日子一一塞进去，高高吊起来，年终时拿下来就能派上用场。有时女人们用它给小孩子擦屁股，有时候老爷爷用它们来卷黄烟。可我们家因为有我那双不安分的手，日子一个也留不下来，统统飞走了。每当白雪把家院和园田装点得一派银光闪闪的时候，月份牌上的日子就薄了，一年就要过去了，心中想着明年会长高一些，辫子会更长一些，穿的鞋子的尺码又会大上一号，便有由衷的快乐。新日子被整整齐齐地装订上去后，嫦娥仍然在日复一日地奔月，那硬纸牌是轻易不舍得换的。

长大以后，家里仍然使用月份牌，只是我并不那么有兴趣去撕它了，可见长大也不是什么好事情。待到上了师专，住在学生宿舍，根本没日历可看，可日子照样过得一个不错。也就是在那一时期，商店里有台历卖了，于是大多数人家就不用月份牌了。我自然而然地结束了撕日历的日子。

我在哈尔滨生活的这几年才算像模像样过起了日子，每天早晨起来的第一件事就是翻台历，由一侧让它到另一侧。当两侧厚薄几乎相等时，哈尔滨会进入最热的一段日子。年终时我将用过的台历用线绳穿起，然后放到抽屉里保存起来。台历上有些字句也分外有趣，如一九九三年二月十四日记载着“不慎打碎一只花碗”；而二月二十八日则写着“一夜未睡好，梦见戒指断了，起床后发现下雪了”；八月二十八日是“天边出现双彩虹，苦瓜汤真好喝”。

到了一九九四年的一月十九日，是腊月初八的日子，东北人喜欢这天煮“腊八粥”，我在这天的日历上记着：“煮八宝粥。材料：大米、小米、绿豆、小糙子、葡萄干、核桃仁、大枣、花生。”三月三日写着“武则天墓被万人践踏，只因为她践踏了万人”。而七月十一日是“德国队以1∶2败给保加利亚队。保加利亚用火一样的激情焚烧了陈旧的德国战车”（好像引自一位体育评论记者之言）。

台历有意无意成了我的简易日记本，当然就更加有收藏价值了。

不管多么不愿意面对逝去的日子，不管多么不愿意让青春成为往事，可我必须坦然面对它。当我穿起一九九五年的台历、将一九九六年散发着墨香气的日子摆在铁皮架上时，我仍然会在上面简要抒写一些我的所作所为、所思所感的。如果能把幼时已撕去的日历一一拾回，也许已故的父亲就会复活，他又会放一条狗进我的睡房催我起床，也许我家在大固其固的那个已经荒芜了的院落又会变得绿意盈门。但日子永远都是：过去了的就成为回忆。

可它毕竟深深地留在了心底。当我年事已高将台历的日子看花了，翻台历的手哆嗦不已时，嫦娥肯定还在奔月。

时间怎样地行走

墙上的挂钟，曾是我童年最爱看的一道风景。我对它有一种说不出的崇拜，因为它掌管着时间，我们的作息似乎都受着它的支配。我觉得左右摇摆的钟摆就是一张可以对所有人发号施令的嘴，它说什么，我们就得乖乖地听。到了指定的时间，我们得起床上学，我们得做课间操，我们得被父母吆喝着去睡觉。虽然说有的时候我们还没睡够不想起床，我们在户外的月光下还没有戏耍够不想回屋睡觉，但都必须因为时间的关系而听从父母的吩咐。他们理直气壮呵斥我们的话与挂钟息息相关："都几点了，还不起床！"要么就是："都几点了，还在外面疯玩，快睡觉去！"这时候，我觉得挂钟就是一个拿着烟袋锅磕着我们脑门的狠心的老头，又凶又倔，真想把它给掀翻在地，让它永远不能再行走。在我的想象中，它就是一个看不见形影的家长，严厉而又古板。但有时候它也是温情的，比如除夕夜里，它的每一声脚步都给我们带来快乐，我们可以放纵地提着灯笼在白雪地上玩个尽兴，可以在子时钟声敲响后得到梦寐以求的压岁钱，想着用这钱可以买糖果来甜甜自己的嘴，真想在雪地上畅快地打几个滚。

我那时天真地以为时间是被一双神秘的大手给放在挂钟里的，从来不认为那是机械的产物。它每时每刻地行走着，走得不慌不忙，气定神凝。它不会因为贪恋窗外鸟语花香的美景而放慢脚步，也不会因为北风肆虐、大雪纷飞而加快脚步。它的脚，是世界上最能禁得起诱惑的脚，从来都是循着固定的轨迹行走。我喜欢听它前行的声音，总是一个节奏，好像一首温馨的摇篮曲。时间藏在挂钟里，与我们一同经历着风霜雨雪、潮涨潮落。

我上初中以后，手表就比较普及了。我看见时间躲在一个小小的圆盘里，在我们的手腕上跳舞。它跳得静悄悄的，不像墙上的挂钟，行进得那么清脆悦耳，“嘀嗒——嘀嗒——”的声音不绝于耳。所以，手表里的时间总给我一种鬼鬼祟祟的感觉，从这里走出来的时间因为没有声色，而少了几分气势。这样的时间仿佛也没了威严，不值得尊重，所以明明到了上课时间，我还会磨蹭一两分钟再进教室，手表里的时间也就因此显得有些落寞。

后来，生活变得丰富多彩了，时间栖身的地方就多了。项链坠可以隐藏着时间，让时间和心脏一起跳动；台历上镶嵌着时间，时间和日子交相辉映；玩具里放置着时间，时间就有了几分游戏的成分；至于电脑和手提电话，只要我们一打开它们，率先映入眼帘的就有时间。时间如繁星一样到处闪烁着，它越来越多，也就越来越显得匆匆了。

十几年前的一天，我在北京第一次发现了时间的痕迹。我在梳头时发现了一根白发，它在清晨的曙光中像一道明丽的雪线一样刺痛了我的眼睛。我知道时间其实一直悄悄地躲在我的头发里行走，只不过它这一次露出了痕迹而已。我还看见，时间在母亲的口腔里行走，她的牙齿脱落得越来越多。我明白时间让花朵绽放的时候，也会让人的眼角绽放出花朵——鱼尾纹。时间让一棵青春的小树越来越枝繁叶茂，让车轮的辐条越来越沾染上锈迹，让一座老屋逐渐地驼了背。时间还会变戏法，它能让一个活生生的人在瞬间消失在他们曾为之辛勤劳作着的土地上，我的祖父、外祖父和父亲，就让时间给无声地接走了，再也看不到他们的脚印，只能在清冷的梦中见到他们依稀的身影。他们不在了，可时间还在，它总是持之以恒、激情澎湃地行走着——在我们看不到的角落，在我们不经意走过的地方，在日月星辰中，在梦中。

我终于明白挂钟上的时间和手表里的时间只是时间的一个表象而已，它存在于更丰富的日常生活中——在涨了又枯的河流中，在小孩子戏耍的笑声中，在花开花落中，在候鸟的一次次迁徙中，在我们岁岁不同的脸庞中，在桌子椅子不断增添新的划痕的面容中，在一个人的声音由清脆而变得沙哑的过程中，在一场接着一场去了又来的寒冷和飞雪中。只要我们在行走，时间就会行走。我们和时间是一对伴侣，相依相偎着，不朽的它会在我们不知不觉间，引领着我们一直走到地老天荒。

灯　祭

父亲在世时，每逢过年我就会得到一盏灯。那灯是不寻常的。

从门外的雪地上捡回一个罐头瓶，然后将一瓢滚热的开水倒进瓶里，啪的一声，瓶底均匀地落下来，灯罩便诞生了。赶紧用废棉花将灯罩擦得亮亮的，亮到能看清瓶中央飞旋的灰尘为止。灯的底座是圆形的，木制，有花纹，面积比灯罩要大上一圈，沿边缘对称地钻两个眼，将铁丝从一只眼穿过去，然后沿着底座的直径爬行，再扎入另一只眼中，铁丝在手的牵引下像眼镜蛇一样摇摆着身子朝上伸展，两个端头一旦会合扭结在一起，灯座便大功告成了。那时候从底座中心再钉透一根钉子，把半截红烛固定在钉子上。待到夜幕降临时，轻轻捧起灯罩，嚓地点燃蜡烛，敛声屏气地落下灯罩，你提着这盏灯就觉得无限风光了。

父亲给我做这盏灯总要花上很多工夫。就说做灯罩，他总要捡回五六个瓶才能做成一个。不是把瓶子全炸碎了，就是瓶子安然无恙地保持原状，再不就是炸成功了，一看却是一只猪肉罐头瓶子，怎么擦都混浊，只好弃了。

尽管如此，除夕夜父亲总能让我提到一盏称心如意的灯。没有月亮的除夕里，这盏灯就是月亮了。我怀揣着一盒火柴提着灯走东家串西家，每到一家都将灯吹灭，听人家夸几句这灯看着有多好，然后再心满意足地擦根火柴点燃灯去另一家。每每转回到家里时，蜡烛烧得只剩下一汪油了。

那时父亲会笑吟吟地问："把那些光全折腾没了吧？"

"全给丢在路上了。"我说，"剩下最亮的光赶紧提回家来了。"

"还真顾家啊。"父亲打趣着我去看那盏灯。那汪蜡烛油上斜着一束蓬勃芬芳的光，的确是亮丽至极，将死的光芒总是灿烂夺目的。

过年要让家里里外外都是光明。所以不仅我手中有灯，院子里也是有灯的。院子中的灯有高有低。高高在上的灯是红灯，它被挂在灯笼杆的顶端，灯笼穗长长的，风一吹，唰唰响。低处的灯是冰灯，冰灯放在窗台上，放在大门口的木墩上，冰灯就能照亮它周围的一些景色，所以除夕夜藏猫猫要离冰灯远远的。无论是高出屋脊的红灯还是安闲地坐在低处的冰灯，都让人觉得温暖。但不管它们多么动人，也不如父亲送给我的灯美丽。

因为有了年，就觉得日子是有盼头的。而因为有了父亲，年也就显得有声有色。而如果又有了父亲送我的灯，年则妖娆迷人了。

年一过去后，新衣服就脱下来了，灯也收了，院子里黑漆漆的，那时候我就会望着窗外的雪花发怔，心想：原来一年之中只有几天好日子啊。人为了那几天充满光明的好日子，就要整整辛苦一年。嗨。

我一年年地长大了，父亲不再送灯给我，我已经不是那个提着灯串来串去的小孩子了。我开始在灯下想心事。但每逢除夕，院子里照例要在高处挂起红灯，在低处摆上冰灯。

然而父亲没能走到老年就去世了。父亲去世的当年我们没有点灯。别人家的院子灯火辉煌，我们家却黑漆漆的。我坐在暗处想：点灯的时候父亲还不回来，看来他是迷了路了。我多想提着父亲送我的灯到路上接他回来啊。爸爸，回家的路这么难找啊？

从此之后，虽然照例要过年，但是再也没有接受灯的那种福气了。

一进腊月，家里就忙年了。姐姐会来信叙说年忙到什么地步了，比如说被子拆洗完了，年干粮也蒸完了，各种吃食采买得差不多了，然后催我早点回家过节。所以，不管我身在西安、北京还是哈尔滨，总是千里迢迢地冒着严寒朝家奔。当然，今年也不例外。

腊月廿六我赶回家中，母亲知道这个日子我会回去的。因为腊月廿六要请父亲回家过年。

我们就去看父亲了。给他献过烟和酒，又烧（捎）了些钱，已经成家立业的弟弟就叩头对父亲说：

“爸爸我有自己的家了，今年过年去儿子家吧，我家住在——”

弟弟把他家的住址门牌号重复了几遍，怕他记不住。我又补充说：“离综合商场很近。”父亲生前喜欢到综合商场买皮蛋来下酒，那地方想必他是不会忘的。

父亲的房子上落着雪，周围都是雪，还有树，有时从树林深处传来鸟鸣。太阳极端明亮。

我们一边召唤着父亲回家过年，一边离开墓地。因为母亲在姐姐家，所以弟弟也跟着来了。我们都喜欢姐姐家的孩子小虎，他刚过周岁，已经会走路了，非常漂亮。

一进门母亲就抱着小虎从里屋出来了。我点着小虎的脑门说：“把你姥爷领回来过年了。”

小虎乐了，他一乐大家也乐了。

当夜小虎哭个不休。该到睡觉的时辰了，他就是不睡。

母亲关了灯，千般万般地哄，他却仍然嘹亮地哭着。直到天亮时，他才稍稍老实起来。

姐夫说："可能咱爸跟到这来了，夜里稀罕小虎了。"

说得跟真事似的，我们都信了。

父亲没有看过他的外孙，而他生前又是极端喜欢孩子的。我们从墓地回来，纷纷到了姐姐家，他怎么会路过女儿的家门而不入呢？而他一进门就看见了小虎，当然更舍不得离开了。

母亲决定把父亲送到弟弟家去。

早饭后，母亲穿戴好后推起自行车，对父亲说："孩子也稀罕过了，跟我到儿子家去过年吧。"

母亲哄孩子一般地说："慢慢跟着走，街上热闹，可别东看西看的，把你丢了，我可就不管了。"

我心想：这回母亲要把父亲丢了，一定是丢到街上的酒馆了。

母亲把父亲送走的当夜，小虎果然睡了个安稳觉。第二天早晨起来他挨个屋子走了一遍，咕噜着，一双黑莹莹的眼睛东看西看的，仿佛在找什么，小虎是不是在想：姥爷到哪去了？

初三过后，父亲要被送回去了。我愿意请他回来，而永远不希望送他回去。天那么冷，他又有风湿病，一个人朝回走会是什么样的心情呢？

正月十五到了。这天是我的生日。二十八年前，一个落雪的黄昏，我降临人世了。那时窗外还没有挂灯，天似亮非亮，似冥非冥，父亲便送我一个乳名：迎灯。没想到我迎来了千盏万盏灯，却再也迎不来幼时父亲送给我的那盏灯了。

走在冷寂的大街上，忽然发现一个苍老的卖灯人。那灯是六角形的，用玻璃做成的，玻璃上还贴着“福”字，我立刻想到了父亲，正月十五这一天，父亲的院子该有一盏灯的。

我买下了一盏灯。天将黑时，将它送到了父亲的墓地。嚓地划根火柴，周围的夜色就颤动了一下，父亲的房子在夜色中显得华丽醒目，凄切动人。

这是我送给父亲的第一盏灯。

那灯守着他，虽灭犹燃。

蚊烟中的往事

如果是夏天，如果火烧云又把西边天映红了的话，我们喜欢将饭桌放置在院落里吃晚饭。当然，这时候必不可少的，是笼蚊烟，因为傍晚的蚊子很活跃，你若不驱赶它，当你享受美味佳肴的时候，它也会叮我们的脸和胳膊，享受它的美味佳肴。

笼蚊烟其实很简单，先是用一蓬干树枝将火引着，让它燃烧一会儿，就赶紧抱来一捆蒿草，将它们均匀地散开，压在火上。这时丝丝缕缕的青烟就袅袅升起了，蚊子似乎很不习惯这股在我们闻来很清香的烟，它们远远地避开了。我们就可以轻松地吃晚饭了。

这样对着青翠的菜园和绚丽晚景的晚饭，是别有风味的。饭桌上通常少不了一碗酱，这酱都是自己家做的。每年二月二龙抬头的日子一过，寒风还在肆虐的时候，做酱的工作就开始了。家庭主妇们煮熟了黄豆，把它捣碎，等它凉透了，再把它揉捏成砖头的形状，用报纸一层又一层地裹了，放置起来。这种酱块到了清明之后，自然风干了，将它身上已经脆了的报纸撕下来，将酱块掰开，放到酱缸里，兑上水和盐，酱就开始了发酵的过程。酱喜欢阳光，所以大多数的人家不是把酱缸放在窗跟前，就是搁在菜园的中央，那都是接受阳光最多的地方。阳光和风真是好东西，用不了多久，酱就改变了颜色，由浅黄变为乳黄直至金黄，并且自然地把酱汁调和均匀了，香味隐约飘了出来，一些贪馋的人受不了它的诱惑，未等它充分发酵好，就盛着它吃了。夏日的晚餐桌旁，占统治地位的就是酱了。那些蘸酱菜有两个来源：野地和菜园。野地的菜自然就是野菜了，比如明叶菜、野鸡膀子、水芹菜、鸭子嘴、老桑芹和柳蒿芽。野菜通常要在开水中焯一下，让它们在沸水中打个滚，捞出来，用凉水拔了，攥干了再吃。野菜中，我最爱吃的就是老桑芹，所以采野菜时，明明看到了大片的水芹菜和鸭子嘴，我还是会绕过它们，去寻觅老桑芹。很多人不喜欢吃老桑芹，说它身上有股子奇怪的气味，像药味，可我却格外青睐它。因为有了酱，就有了采野菜的乐趣，你可以堂而皇之地提着篮子出了家门，就说是采野菜去了，你愿意在河边多流连一刻，看看浸在水中的柔软的云，是没人知道的；你愿意在山间偷偷地采一些浆果来吃，大人们依然是不知道的；反正有那么几种野菜横在篮子中，你就可以理直气壮地踏入家门。但野菜是分季节的，春季和初夏吃它们是可以的，等到天气越来越热的时候，它们就老了，柴了，吃不得了，这时候伺候晚餐桌上酱碗的，就得是园田中的蔬菜了。青葱、黄瓜、菠菜、生菜、香菜和小白菜水灵灵地闪亮登场了。园田中的菜适宜生吃，只需把它们在清水中洗过则是。一家人围坐在饭桌旁，这个人拿棵葱，那个人拿棵菠菜，另一个人则可能把香菜卷上一绺，大家纷纷把这些碧绿的蔬菜伸向酱碗，吃得激情飞扬。而此时蚊烟静静地在半空悬浮，晚霞静悄悄地落着，天色越来越黯淡，大家的脸上就会呈现出那种知足的平和表情。

我最钟情的酱，是炸鱼酱。鱼来自草甸子中的水泡子。水泡子里有鲫鱼、柳根和老头鱼。父亲用一根柳条秆为我做了根渔竿，虽然它不直溜，但钓起鱼来却不含糊。我挖上一些蚯蚓，放到铁皮盒里用土养起来，做诱饵，然后扛着简陋的渔竿和蚯蚓罐去了大草甸子。水泡子大都在芳香的草甸子上，面积不大，圆形或椭圆形，非常幽静，我择一个水深的地方，将渔竿抛下去，静候鱼咬钩的时刻。只要鱼上钩了，渔竿就会像闪电那样颤动着，这时候你轻轻收回渔竿，随着银白的饵线露出水面，鱼也就跟着摇头摆尾地上岸了。我把逮住的鱼用铁丝穿上，重新上了蚯蚓，把饵线再次抛入水中。水泡子中的鱼不似河里的，它长不大，都是小鱼，而且由于是死水，鱼有股土腥味，所以绝不能清蒸和调汤喝，只能放上浓重的调料煎炒烹炸。我钓回来的鱼，基本都是把它连着骨头剁成泥，舀上一碗黄酱，炸鱼酱吃了。只要晚餐桌上有一碗鱼酱，园田中的蔬菜就遭殃了，一盆青菜往往不够，再拔上一盆，可能还是不够，不把酱碗蘸得透出瓷器的亮色，我们的嘴是不会罢休的。当然，我去水泡子边钓鱼的次数屈指可数，一个是因为女孩子家，家长不放心我去；还有一个是我自己也恐惧去了，因为水泡子边的蚊子十分猖狂，一场鱼钓下来，我的脸上被咬得到处是包。终于，有一个学生溺死在水泡子，彻底结束了我的钓鱼活动。二十世纪七十年代不是响应毛主席的号召，到大风大浪里锻炼成长吗？有一次体育老师就把学生带到水泡子，不管大家会不会游泳，一律给赶下水去，让他们经受风浪的洗礼。结果一个不会水的男生被洗礼得丢了性命，他被淹死了。他妈妈闻讯赶来，晕厥在岸边。从此，她就常常念着儿子的名字，在水泡子边疯疯癫癫地走。人们说水泡子有了鬼，会缠人，就很少有人涉足了。我猜想那以后水泡子里的鱼也是寂寞的，因为它们听不到人类的脚步声了。

酱缸其实是很娇气的，它像小孩子一样需要精心呵护着。它的脸要蒙上一层白纱布，以防蚊虫飞进去，弄脏了它；它喜欢晒太阳，似乎还很害痒，要经常用一个木耙子捣一捣它，把它身上的白醭撇出去；它还惧怕雨水，所以酱缸旁通常要放着一块玻璃，一看雨要来了，就把它盖上去。我就很心疼家中的酱缸，有的时候在学校上课，一听到雷声轰隆隆地响起，就举手跟老师请假，撒谎说要上厕所，出了教室后会一路飞奔回家，冲进菜园，盖上酱缸。酱没被淋着，我却会在返回的路上被雨水打湿。

蚊烟稀薄的时候，火烧云也像熟透了的草莓似的落了。我们吃完了晚饭，天也就越来越陈旧，蚊子又三三两两地回来了。我们把饭桌撤了，打扫干净笼蚊烟的灰烬，站在院子里盼着星星出来，或者是打着饱嗝去火炕上铺被窝。我还记得父亲酒足饭饱后在院子里看天时，如果被飞回的蚊子给咬着了，他会得意地喊我妈妈出来，说他很招人稀罕，母蚊子又啃他的脸了！我们那时就都会发出快意的笑声，以为爸爸在开玩笑。长大后我才知道，父亲说得也没错，吸食人的血液的确实都是雌蚊，而雄蚊吮吸的则是植物的汁液。如今曾说过这话的父亲早已和着缥缈的蚊烟去另一个世界了。菜园依然青翠，火烧云也依然会在西边天燃烧，只是一家人坐在院落中笼起蚊烟吃晚饭的岁月一去不复返了，让我在回忆蚊烟的时候，为那股亲切而熟悉的气息的远去而深深地怅惘着。

一间自己的屋子

童年时，我的房屋就是姥姥的胳肢窝。冷了，害怕了，就像鱼一样摆摆尾巴游到那安静温暖的港湾里。在那里可以把月亮想象成一间红房子，把银河视为通向红房子的路，于是我在夜间就会梦见自己成为一只蓝鸟，掠过银河，沐浴着灿烂的星光，叩开芳香四溢的红房子的门。嫦娥轻纱袅袅地打开门，说，你把吴刚砍下的桂花树背回人间吧。

离开了姥姥和那里的白夜，一间八平方米左右的房屋像魔术盒子一样吸引了我，那是一间小北屋，我和姐姐住在一起。我们窗外是后菜园，菜园的栅栏外是别人家的柈子垛和房屋。躺在北屋的小炕上，可以清清楚楚地看见谁家的公鸡跳到梓子垛啼叫，谁家的炊烟又不到晌午时就升起来了。北窗前有一棵稠李子树，树周围种了花，那些花一到盛夏时就疯疯癫癫地四处求发展，有的竟越过了黯淡的墙壁，伸向炕上的枕头了。那枕头于是就有了香味。

我的睡态总像溢出河床的洪水一样毫无规矩、泛滥成灾，我常常把姐姐挤到墙根，而自己四仰八叉地占有偌大一块领地——这于姐姐还算幸运的，不幸运的时候是我常常在夜晚时用脚踢她，她安然的乖乖女孩的睡态怎受得了我夜晚时犹如驰骋疆场的烈马一般的袭击呢？于是就有了抱怨，于是我就多了一分介意和小心，可我是左右不了自己的，因为在睡眠时我不存在，我是一只蓝鸟或蜻蜓。那时总想，要有一间自己的屋子多好。就在那间小屋里，我们冬天看窗外的白雪，夏天听风吹稠李树的哗哗声。

我到城里上高中了。在那里我更没有自己的一间屋子。二十平方米左右的屋子住着十六名女生，分上下两层，是通铺，我住在上铺靠北的地方。北窗将它最上面的三块玻璃恩赐给我，所以我仍可以躺在铺上望窗外。窗外没什么好景致，一个矮矮的仓库，一堆废木料，一个厕所，看几眼就疲倦了。只是有一次学校的一个老工人死了，人们在仓库旁扎起花圈，那花圈豁然使我的北窗一亮，我知道死人是多么平凡的事情。

我在那铺上睡了两年。我至今仍能忆起地中央放着一个火炉，炉盖上坐满了饭盒，炉壁四围却挤满鞋垫。炉子并不是什么宽广大道，可那上面却挤满了脚印。地中央常常是湿淋淋的，那上面粘着头发和废纸，用笤帚去扫，头发常常阻住笤帚，可以想见那时我们梳头发时多么漫不经心，我们太年轻，头发又茂盛，当然可以不吝惜地用木梳拉拉扯扯了。而那时的女孩子，现在都到了爱惜头发的年龄——不知又可否有心情和条件去爱惜？

那时渴望有一间自己的屋子，那缘由说起来也许是荒唐的。我在那里丢过一只钱包。钱包放在衣袋里，入夜时挂在墙上，可有一天早晨醒来却发现它不翼而飞。后来我在正施工的暖气沟中发现了它，但它只是一个空壳了。我记得里面有七元多钱和一些粮票，对于当时家境并不富裕的我来讲，不啻为一种沉重损失。在那个早晨，我守着空空如也的饭盒哭了。那时就想，要是有一间自己的屋子，钱包就不会丢了。从此之后，那屋子里的人都令人恐惧和生疑，虽然说只有一人偷了钱包，而那原因肯定是因为贫穷，但是那时绝不会大度地去宽容别人，而是常常揣着那个硬瘪瘪的钱包，很晚很晚才从教室回来，沉默寡言，入夜时就把钱包放在枕头下。

我十七岁的那年初冬离开了故乡，在大兴安岭师范专科学校上学。那是我第一次坐火车。那时有一个天真的想法，认为坐上火车的人就不一般了，火车到达的地方也是非同凡响的，所以认定学校的新居干净宽敞而漂亮。然而凌晨三时下了火车跟着自己的行李坐在卡车上瑟瑟发抖着朝学校靠近时，我知道自己的想法大错特错了。我们十几个人仍然住着一间二十平方米左右的屋子，不同的是火炉在门外的走廊里。那天进去时电还未接通，老师擎着根蜡烛照亮每一个人的床头，看清名字后就喊一声：“×××，你在这！”各就各位后，我们打开了行李，老师将蜡烛最后的一束光焰带出屋子，我们就陷在黑暗中。我在黑暗中打开手电筒，给家里写第一封信，只写了一句：

爸爸妈妈：我想家……

我的泪水就下来了。我没有再写下去，当然也没有发那封信。

后来师范专科学校的校舍大有改观，一年后我们搬入新居，八个人一间的屋子。就在那间屋子里，有一天深夜我发生了梦游，我赤脚走到窗前，对着窗外的暗夜说，桂花呢，我采的桂花呢……

师专毕业后，虽然住宿大有改观，可总是与人合住，我并未有自己的一间屋子。

伍尔夫曾说一间自己的屋子是女人所必需的。我渴望着有一间自己的屋子是因为我可以在精神上真正独立，喜怒哀乐受自己支配，想哭就哭，想唱就唱，想睡懒觉就拉上窗帘，想听着音乐想点什么就关起门来，想宁静地回忆着写点什么的时候就让屋内的一切声音都止息。

有一间自己的屋子多么好，可以把最喜欢的人请来闲谈和吃饭，可以把最不喜欢的客人拒之门外，那时我就是自己的上帝。没有了委曲求全和压抑个性，而是一个完全真正的自我的存在，犹如那个在童年时化成一只蓝鸟飞进月亮的女孩子，虽然她没有把桂花树背回人间，但人间仍香气弥漫。

如果有一间自己的屋子，向西最好，每天可以站在窗前看夕阳。斜阳贴在自己屋子的窗户上，那就是我的斜阳。

好时光悄悄溜走

十年以前，我家还有一个美丽的庭院。庭院是长方形的，庭院中种花，也种树。树只种了一棵，是山丁子树，种在窗前，树根周围用红砖围了起来。那树春季时开出一串串白色的小花，夏季时结着一树青绿的果子，而秋季时果子成熟为红色，满树的红果子就像正月十五的灯笼似的红彤彤醉醺醺地在风中摇来晃去。花种的可就多了，墙角、杖子边到处种满了扫帚梅、罂粟、爬山虎、步步高、金盏菊等等。那庭院的西南角还悬着一个鸡架，也是长条形的，鸡白天时被撒到外面，一到夜间便把它们圈了起来，到喂食的时候它们就将头伸出来，鸡槽上横着许多毛茸茸的脑袋，一顿一顿的，看起来充满了无穷的生气。清晨时雄鸡喔喔，正午时母鸡下完蛋则咯咯咯地叫唤，所以我常常不知道是公鸡好呢，还是母鸡好。公鸡的冠子红彤彤的，走起路来昂首阔步，而母鸡则很温情，它在下蛋的时候安安静静地趴在窝里，不管外面有什么好吃的东西在诱惑它，它都毫不动摇，所以我又常常对产蛋的母鸡生出几分敬意。

十年以前我家的房屋是真正的房屋，因为它和土地紧紧相连，不像现在的楼房以别人家的天棚作为自己的土地。那造作的土地是由钢筋和混凝土加固而成的。十年以前的房屋宽敞而明亮，房子有三大间，父母合住一间，我和姐姐合住一间，弟弟住一间。厨房里有一条长长的走廊，这条走廊连接着三个房间。整座房子一共开着五个窗口，所以屋子里阳光充足。待到夜晚，若外面有好看的月亮的时候，便可以将窗帘拉开，那么躺在炕上就可以顺着窗子看到外面的月亮，月光会泻到窗台上、炕面上，泻到我充满遐想的脸庞上。好的月光总是又白又亮的。

春天来到的时候燕子也来了，墙上挂着的农具就该拿下来除除锈，准备春耕了。我家有三片菜园，一片自留地。有两片菜园围绕着房子，一前一后，前菜园较大，后菜园小一些。前菜园大都种菠菜、生菜、香菜、苞米、柿子、辣椒，而后菜园主要栽着几行葱和十几垄爬蔓的豆角。另外一片菜园离家大约有七八百米的路程，不算远，它位于一片松树林中，主要种豌豆、大头菜和秋白菜。我喜欢来这片菜园，因为在它附近常常可以找到高粱果，我喜欢吃高粱果。而且，在这片菜地附近的草地上还可以捉到蚂蚱和身背长刀的“三叫驴”。除了这三片菜园外，我家还有一片广大的自留地，它离家很远，远到什么程度呢？骑着自行车一路下坡地驰去也要用十几分钟，若是步行，就得用半个小时了。不过我从来没有在半小时之内走完那一段路程，因为我总是走走停停，遇到水泡子边有人坐在塔头墩上钓鱼，我便要凑上去看看钓上鱼来了没有。要是钓上来了则要看看是什么鱼，柳根、鲫鱼，还是老头鱼。有时还去问人家：“拿回去炸鱼酱吗？”我最喜欢吃鱼酱。我的骚扰总是令钓鱼人不快，因为我常常不小心将人家的蚯蚓罐踢翻，或者在鱼将要咬钩的时候，大声说：“快收竿呀，鱼打水漂了！”结果鱼听到我的报警后从水面上一掠而过，钓鱼人用看叛徒那样的眼光看着我，那么就识趣点离开水泡子接着朝前走吧。结果我又发现草甸子上那紫得透亮的马莲花了，我便跑去采，采了这棵又看见了下一棵，就朝下一棵跑去，于是就被花牵掣得跑来跑去，往往在采得手拿不住的时候回头一看，天哪，我被花引岔路了！于是再朝原路往回返，而等到赶到自留地时，往往一个小时就消磨完了。我家的自留地很大，大到拖拉机跑上一圈也要用五分钟的时间，那里专门种土豆，土豆开花时，那花有蓝有白有粉，那片地看上去就跟花园一样。到这块地来干活，就常常要带上午饭，坐在地头的蒿草中吃午饭，总是吃得很香，那时就想：为什么不天天在外吃饭呢？

十年以前，我家还是一个完整的家庭。那时祖父和父亲都健在。祖父种菜，住着他自己独有的茅草屋，还养着许多鸟和两只兔子。父亲在小学当校长，他喜欢早起，我每次起来后都发现父亲不在家里。他喜欢清晨时在菜园劳作，我常常见到他回来吃早饭的时候裤脚处湿淋淋的。父亲喜欢菜地，更喜欢吃自己种的菜，他常在傍晚时吃着园子中的菜，喝着当地酒厂烧出来的白酒，他那时看起来是平和而愉快的。

父亲是个善良、宽厚、慈祥而不乏幽默的人。他习惯称我姐姐为“大小姐”，称我为“二小姐”，有时也称我作“猫小姐”，逢到星期天的时候，我和姐姐的懒觉要睡到日上中天的时刻了，那时候他总是里出外进地不知有了多少趟，有时我躺在被窝里会听到他问厨房里的母亲：“大小姐二小姐还没起来？”继之他满怀慈爱地叹道：“可真会享福！”

十年以前我家居住的地方那空气是真正的空气，那天空也是真正的天空。离家不过五分钟的路程，就可以走到山上。山永远都是美的。春季时满山满坡都盛开着达子香花，远远望去红红的一片，比朝霞还要绚丽。夏季时森林中的植物就长高了，都柿、牙各达、马林果、羊奶子、水葡萄等野果子就相继成熟了。我喜欢到森林里去采它们，采完以后就坐在森林的草地上享用，那时候阳光会透过婆娑的枝叶投射到我身上，我的脸颊赤红赤红的，仿佛阳光偷来了世界最好的胭脂，全部涂在我的脸上了。当然，也不总有这样怡然自得的时候，有一次，便是一屁股坐在了马蜂窝上，这下可不得了了——倾巢而出的马蜂嗡嗡地围着我，不管我跑得多么快，它们还是把我当作侵略者紧紧追踪，并且予以有力的还击：我的脸上、胳膊上、腿上红斑点点，而屁股那里，则密密麻麻地像出了麻疹似的。那一次我是一路哭着逃回家的，从此再在林地上坐的时候可就不那么随心所欲了，总要看看周围有没有“敌情”，有时坐上去还心有余悸。秋天来到的时候，蘑菇就长出来了，那时候我就会随父亲到山上去捡蘑菇，秋季的森林多情极了，树叶有红的，有金黄的，也有青绿的。那黄的叶子大多数落了下来，而红的则脆弱地悬在枝条上，青绿的还存有一线生机，但看上去却是经受不住秋风的袭击而略呈倦意。我喜欢那些毛茸茸、水灵灵的蘑菇密密地生长在腐殖质丰富的林地上，那些蘑菇就是森林的星星。在秋天，我还喜欢渡过呼玛河去采稠李子和山丁子。稠李子喜阴，大都生长在河谷地带，经霜后的稠李子甜而不涩，非常可口，不仅我喜欢吃，黑熊也是喜欢吃的，可我是不能和黑熊同时享用果子的，所以我一过了河，在还没有接近稠李子树的时候，就用镰刀头将挎着的铁桶敲得咚咚地响，听说熊最怕听到这种声音，只要这种声音传来，它就会落荒而逃。现在想来，觉得那时对黑熊实在刻薄了些，可是，如果不那样做，会不会有现在的我呢？当然，也可能黑熊根本不喜欢吃我，我想我总不至于像稠李子那样美味而令它垂涎三尺，但谁能保证它见了我之后会不会突然有换换胃口的打算？所以熊照例是要驱赶的，人和动物之间看来永远有解不开的矛盾。

就说冬天吧，家乡的冬天实在太漫长了。漫长得让我觉得时间是不流动的。雪花一场又一场地铺天盖地袭来，远山苍茫，近山也苍茫。森林中的积雪深过膝盖，那时候我们就进山拉烧柴。有时用爬犁，有时用手推车，当然用手推车的时候多。阳光照耀着雪道，雪道上亮晶晶的，晃得人双目生疼。我跟随着父亲在林子中穿梭着，他截好了木头，我负责将它们抬到有路的地方，常常是还没有走到有路的地方我就停住了脚步，因为我发现吃樟子松树缝中僵虫的啄木鸟了，而那啄木鸟却没有发现我，我就想：我要有啄木鸟那么漂亮该有多好。然而啄木鸟还是飞走了，我又想：自己还不如一只僵虫能拴住啄木鸟的心呢，那么再接着朝前走吧。我又发现了雪地上怪异的兽迹了，心想：这是狍子印还是狼印呢？若是狼的脚印，这可怎么好呢？那么就与狼背道而驰吧，我朝与兽迹相反的地方走去，往往就走岔了路，那时候父亲召唤我的声音听起来就遥远得不能再遥远了。在山里，若是不加紧干活，那么就会觉得身上冷得受不住了，这时父亲会给我拢起一堆火来，所以我上山时就常常用破棉絮包上几个土豆，将它放入火中，等到干完活装好车将要下山的时刻，就蹲在雪地上将熟透的土豆从奄奄一息的火中扒拉出来，将皮一剥，香气就徐徐散开了。吃完了土豆，身上有了温暖和力气，那么就一路不回头地朝家奔，那时，手推车顶上常常放着一根大桦树枝，遇到大下坡的时候，就将树枝放下来，用棕绳拴在手推车后面，我坐在树枝上，树叶刮起的雪粉喷得我满脸都是，那时候我和树枝就像一片云似的轻盈地飘动着，我便会大声呼喊着："真自由啊!"

十年一晃就过去了。十年后的晚霞还是滴血的晚霞，只是生活中已是物是人非了。祖父去世了，父亲去世了。我还记得一九八六年那个寒冷的冬季，父亲在县医院的抢救室里不停地呼喊："回家啊，回家啊……"父亲咽气后我没有哭泣，但是父亲在垂危的时候呼喊"回家啊"的时候，我的眼泪却夺眶而出。

十年后的我离开了故乡，十年后的母亲守着我们在回忆中度着她的寂寞时光。我还记得前年的夏季，我暑假期满，乘车南下时，正赶上阴雨的日子。母亲穿着雨衣推着自行车去车站送我，那时已是黄昏，我不停地央求她："妈你回去吧，路上到处是行人。""我送送你还不行吗？就送到车站门口。""不行，我不愿意让你送，你还是回去吧。""我回去也是一个人待着，你就让我溜达溜达吧。"我望着雨中的母亲，忽然觉得时光是如此可怕，时光把父亲带到了一个永远无法再回来的地方，时光将母亲孤零零地抛到了岸边，那一刻我就想：生活永远不会圆满的。但是，曾拥有过圆满，有过，不就足够了吗？

我在哈尔滨生活已近半年了。我最喜欢那些在街头卖达子香、草莓和樱桃的乡下人。因为他们使我想起故乡，想起那些曾有过的朴实而温暖的日子。所以，在那一段时期，我的案头总是放着一碟樱桃或者一盘草莓。阳光透过窗户照耀着樱桃和草莓，也照亮了我曾有过的那些鲜活的日子。

不久以前我的故乡发生了特大洪水，孤寂当中我写下了《愿上帝降临平安之夜》，记得开头是这样写的：

> 我无法想象故乡在汪洋中的情景。汪洋中的故乡消失了。那被阳光照耀着的门庭，那傍晚的炊烟和黄昏时落在花盆架上的蝴蝶，那菜园中开花而爬蔓的豆角、黄瓜以及那整齐的韭菜和匍匐着的倭瓜，如今肯定是不知去向了。没有了故乡，我到哪里去？

为此，我祝愿我的故乡永远地存在下去，祈求上帝给那一方土地和人民降临永远的平安之夜，让故乡的朴实和温暖久驻。

当我将要放下笔来的时候我想，当我白发苍苍，回首往事时，我的回忆是否仍然是这样美好呢？但愿那时我会平静地站在西窗前，望着落日轻轻吟唱我年轻时就写下的一首歌：

当我年轻的时候，
我曾有过好时光。
那森林中的野草可曾记得，
我曾抚过你脸上的露珠。
啊，当我抚弄你脸上露珠的时候，
好时光已悄悄溜走。

伤怀之美

不要说你看到了什么，而应该说你敛声屏气、凝神遐思的片刻感受到了什么。那是什么？伤怀之美像寒冷耀目的雪橇一样无声地向你滑来，它仿佛来自银河，因为它带来了一股天堂的气息，更确切地说，为人们带来了自己扼住咽喉的勇气。

我八岁的时候，还在中国最北的漠河北极村。漫天大雪几乎封存了我所有的记忆，但那年冬天的鱼汛却依然清晰在目。冬天的鱼汛到来时，几乎家家都彻夜守在江上。人们带着干粮、火盆、捕鱼的工具和廉价的纸烟从一座座木刻楞房屋走出来。一孔孔冰眼冒出乳白的水汽，雪橇旁的干草上堆着已经打上来的各色鱼类。一些狗很懂得主人的心理，它们摇头摆尾地看到上鱼量很大，偶尔又有杂鱼露出水面时，就在主人摘钩的一瞬间接了那鱼，大口大口地吞嚼起来。对那些名贵的鱼，它们素来规规矩矩地忠实于主人，不闻不碰。就在那年鱼汛结束的时候，是黄昏时分，云气低沉，大人们将鱼拢在麻袋里，套上雪橇，撤出黑龙江回家了。那是一条漫长的雪道，它在黄昏时分是灰蓝色的。大人们抄着袖口跟在雪橇后面慢腾腾地走着，他们之间没有任何言语，世界是如此沉静。快到家门口的时候，天忽然落起大片大片的雪花，我眼前的景色一片迷蒙，我所能听到的只是拉着雪橇的狗的热气沼沼的呼吸声。大人们都消失了，村庄也消失了，我感觉只有狗的呼吸声和雪花陪伴着我，我有一种要哭的欲望，那便是初始体会到的伤怀之美了。

年龄的增长是加深人自身庸碌行为的一个可怕过程。从那以后，我更多体会到的是城市混沌的烟云、狭窄而流俗的街道、人与人之间的争吵、背信弃义乃至相互唾弃，那种人、情、景相融为一体的伤怀之美似乎逃之夭夭了。或者说，伤怀之美正在某个角落因为蒙难而掩面哭泣。

一九九一年年底，我终于又在异国他乡重温了伤怀之美。那是在日本北海道，我离开札幌后来到了著名的温泉胜地——登别。在此之前已经领略过层云峡的温泉之美了。在北海道旅行期间一直大雪纷纷，空气潮湿清新，景色奇佳。

住进依山而起的古色古香的温泉旅馆时，已是黄昏时分了，我洗过澡穿上专为旅人预备的和服到餐厅就餐。席间，问起登别温泉有何独到之处时，日本友人风趣地眨眨眼睛说，登别的露天温泉久负盛名。也就是说，人直接面对着十二月的寒风和天空接受沐浴。我吐了下舌头，有些兴奋，又有些害怕。露天温泉只在凌晨三时以后才对女人开放。那一夜我辗转反侧，生怕不慎一觉醒来云开日朗而与美失之交臂。凌晨五时我肩搭一条金黄色的浴巾来到温泉区。以下是我在访日札记中的一段文字：

> 温泉室中静悄悄的，仍然是浓重的白雾袭来。我脱掉和服，走进雾中，那时我便消失了。天然的肤色与白雾相融为一体。我几乎是凭着感觉在雾中走动——先拿起喷头一番淋浴，然后慢慢朝温泉走去。室内温泉除我之外还有另外两人，我进去后就四处寻找露天温泉的位置。日语不通，无法向那两个女人求问，看来看去，在温泉的东方望见一扇门，上写五个红色大字：露天大风吕。汉语中的“露天大风”自不用解释，只是“吕”字却让人有些糊涂。汉语中的“吕”除了做姓氏之外，古代还指用竹管制成的校正乐律的器具，代表一种音律。把这含义的“吕”与“露天大风”联系起来，便生出了“由风弹奏，由吕校音”的想法。不管如何，我必

须挺身而出了。

我走出室内温泉，走向那扇朝向东方的门。站在门边就感觉到了寒气，另外两个女子惊奇地望着我。试想在隆冬的北海道，去露天温泉，实在需要点勇气啊。我犹豫片刻，还是将门推开。这一推我几乎让雪花给吓住了，寒气和雪花汇合在一起朝我袭来，我身上却一丝不挂。而我不想再回头，尤其有人望着我的时候，是绝不肯退却的。我朝前走去，将门关上。

我全身的肌肤都在呼吸真正的风、自由的风。池子周围落满了雪。我朝温泉走去，我下去了，慢慢地让自己成为温泉的一部分，将手撑开，舒展开四肢。坐在温泉中，犹如坐在海底的苔藓上，又滑又温存，只有头露出水面。池中只我一人，多安静啊。天似亮非亮，那天就有些幽蓝，雪花朝我袭来，而温泉里却暖意融融。池子周围有几棵树，树上有灯，因而落在树周围的雪花是灿烂而华美的。

我想我的笔在这时刻是苍白的。直到如今，我也无法准确表达当时的心情，只记得不远处就是一座山，山坡上错落有致地生长着松树和柏树，三股泉水朝下倾泻，琤琤有声。中央的泉水较直，而两侧的面积较大，极像个打鱼人戴着斗笠站在那。一边是雪，一边是泉水，另一边却结有冰柱（在水旁的岩石上），这是我所经历的三个季节的景色，在那里一并看到了。我呼吸着新鲜潮湿而浸满寒意的空气，感觉到了空前的空灵。也只有人，才会为一种景色，一种特别的生活经历而动情。

我所感受到的是什么？是天堂的绝唱？那无与伦比的伤怀之美啊！我以为你已经背弃了我这满面尘垢的人，没想到竟在异国他乡与你惊喜地遭逢，你带着美远走天涯后，伤怀的我仍然期待着与你重逢。

一九九三年九月上旬，我意外地因为心动过速和痢疾而病倒了。一个人躺倒在秋高气爽的时节，伤感而绝望，窗外的阳光再灿烂都觉得是多余的。我盼望有一个机会出去呼吸新鲜空气。在城市里，我已经疲惫不堪。九月二十日，大病初愈的我终于踏上了一条豪华船。历时十天的旅行开始了。省人大的领导考察沿江大通道，加上新华社、光明日报社的两位记者和我的一位领导及同事陪同，不过二十人。船是“黑龙江”号，整洁而舒适。我们白天在甲板上眺望风景，看银色水鸟在江面上盘桓，夜晚船泊岸边，就宿在船上。船到达边境重镇抚远，停留一天后，第二天正午便返航了。那时船正行驶在黑龙江上，岸两侧是两个国度：中国和俄罗斯。是时俄罗斯正在内乱，但叶利钦很快控制了局面。那是九月二十五日的黄昏，饭后我独自来到船头的甲板。秋凉了，风已经很硬了，落日已尽，天边涌动着轰轰烈烈的火烧云，映红了半面江水。这时节有一群水鸟忽然出现在船头不远处，火烧云使它们成为赤色。它们带着水汽朝另一岸飞去，我目随着它们，这时我突然发现它们身上的红色蓦然消失了，俄罗斯那岸的天空月白风清，水鸟在那里重现了单纯的本色。真是不可思议，一面是灰蓝的天空和半轮淡白的月亮，另一侧却是红霞漫卷。船长在驾驶室发现了我，便用扩音器送出来一首忧郁缠绵、令人心动的乐曲。我情不自禁地和着乐曲独自舞蹈起来。我旋转着，领略着这红白相间的世界的奇异之美。我长发飘飘，那一时刻我感觉自己就是一个女巫。没有谁来打扰我，陪伴我舞蹈的，除了如临仙界的音乐，便是江水、云霓、月亮和无边无际的风了。伤怀之美在此时突然撞入我的心扉，它使我忘却了庸俗嘈杂的城市和自身的一切疾病。我多想让它长驻心中，然而它栖息片刻就如袅袅轻烟一般消失了。

伤怀之美为何能够打动人心？只因为它浸入了一种宗教情怀。一种神圣的不可侵犯的忧伤之美，是一个帝国的所有黄金和宝石都难以取代的。我相信每一个富有宗教情怀的人都遇见过伤怀之美，而且我也深信那会是人一生中为数不多的几次珍贵片断，能成为人永久回忆的美。

露天电影

在二十世纪七十年代，山村的孩子大约没有没看过露天电影的。我们那个小镇，可看露天电影的地方有三处，一个是种子站，它就在我们小镇的西头，离它最远的东头的人家走过去，也不过是一刻钟的时间，所以那里一放电影，只有种子站是有灯火的，小镇的房屋都陷在黑暗中，男女老少都被吸引到银幕下了。另两处看露天电影的地方是部队，一个是十三连，一个是十七连。

如果是在种子站的广场放露天电影，那么下午的时候，一些老人就把座位给摆好了。老人们胳膊上挎着一个或两个板凳，抽着旱烟，慢悠悠地朝种子站走去。由于他们眼神差，又大都佝偻着腰，必须要坐在前几排，所以提前把座位占好是必须的了。那些板凳高矮不一、颜色各异地排列在一起，看上去就像一支杂牌军。他们放好板凳，会回家做他们的活计，等到电影快开演了，他们才不慌不忙地踱着步子走来，一副首长的派头。

那些挎着两个板凳占座位的老人，都是有老伴的。而那些孤老头子，拎的则是一只板凳。所以拎一只板凳的瞧不起拎两只板凳的，觉得他们成了老伴的奴隶；而拎两只板凳的又瞧不起拎一只板凳的，觉得他们身边没个人陪着，缺乏派头。我奶奶过世早，我爷爷属于拎一只板凳之列的，但他从来不提前去占座位，他总是在电影开映前才提着板凳过去。他并不急于把板凳放在前排的空地，而是抽着旱烟，先看一会儿扫在银幕上的画面，觉得有趣，就随便找个地方放下板凳；觉得无聊，就挎着板凳放开大步往回走。走的时候他总要大声吐几口痰，好像那些未打动他的画面是几缕不洁净的空气，阻碍他的气息流动了。

有一回我去种子站看电影，远远看见我爷爷提着板凳大步流星往回返，我以为电影不演了呢，一问他，他竟然气呼呼地说，今天演外国电影《死了不屈》，有什么好看的呢！他一向讨厌外国电影，说那些高鼻梁、蓝眼睛的洋人没有什么好货，更何况那电影名也让他生烦，什么叫“死了不屈”呢？人在人世间辛辛苦苦走一遭，尝遍了苦水，死了还有个不屈的？听着他牢骚满腹地发着感慨并且大口大口地吐着痰，我觉得他比电影中的人还有趣。其实那部电影叫《宁死不屈》，他把名字记差了。那以后他要是蹙着眉看什么不顺眼了，我就会适时说一句“爷爷，死了不屈”，他就不绷着脸了，他笑着用烟袋锅敲我的头，骂我是个调皮捣蛋的丫头，将来肯定不好出嫁！

露天电影多是在夏天放映的，所以人们来看电影时，往往还拿着根黄瓜或者是水萝卜当水果来吃。当然，人群聚集的地方，也等于是为蚊子设了一道盛筵，所以看电影归来的人的脸被蚊子给叮咬了的占多数。人们在散场归家的途中，往往会一边议论着电影，一边谩骂着蚊子。

看露天电影，还得看天的脸色。它和颜悦色，不下雨，不起狂风，你观赏得也就滋润。而如果看着看着突然落了雨，人们又没有预备雨具的话，那简直就糟糕透顶。人们撇下板凳，纷纷挤进种子站的仓库，孩子哭老人叫的，像是一群难民。而如果遇到大风的天气，悬挂着的银幕被风吹得一皱一鼓的，那上面投映出的风景和人物全都变了形，人看上去不是歪嘴就是折了胳膊，而风景一律哆嗦着，仿佛正经历着一场大地震。所以看电影前，人们往往还要观察一下天，若是晚霞满天，炊烟笔直，去的人就多；而如果阴云密布，风声萧瑟，去的人就少了。

另两处看露天电影的地方，都不在我们小镇，它们是驻扎在山里的部队，一个离我们稍近一些，有五六里的样子，是十七连；另一处则要远很多，在采石场那一带，距离我们起码有十五里的路途，是十三连。老人们是决不会去这两个连队看电影的，他们的腿脚经不起折腾了。而大人们就是去的话，也是选择十七连的时候多。能够去十三连的，都是如我一般大的孩子。大家相邀在一起，沿着公路，走上一两个小时，到达连队时已是一身的汗，而电影往往已过半场，看得个囫囵半片的。回来的时候呢，山路上阴风飒飒，再赶上月色稀薄的夜晚，森林中传来猫头鹰的叫声，我们就会被吓得一惊一乍的，得手拉着手行走才觉得心不慌。所以一去十三连看电影，就有小孩子回来后生病。高烧后说胡话照理是正常的，可家长们非说是走夜路时撞上了鬼，至于鬼长得什么样，想必他们也是不知道的。所以一说去十三连看电影，家长都不乐意，我们只有偷着去了。如果运气好，我们可以拦截到捎脚的车辆，顺路把我们丢在采石场，从采石场再抄着茅草小路去十三连，就很近了。可这样的运气很少光顾到我们身上，车辆不是装载着货物，就是虽然闲着，但只能挤上一两个人，大家不愿意分开，索性谁都不上；再不就是车是有地方的，可司机怕拉了一车孩子，万一出了事故，负不起这个责任，而加大油门从我们身边呼啸而过，扬长而去，将我们远远甩掉。但也有好心的司机，觉得一群孩子千里迢迢地去看电影怪可怜的，就先送一批到采石场，然后掉转车头，回来再接一批，但这样的运气跟月亮旁的彩云一样，难得一见。

因为驻扎在我们小镇附近的这两个连队经常放电影，我曾经认为世界上过着最幸福生活的就是那些当兵的人。连队的战士格外欢迎孩子们来看电影，他们会把自己的板凳让给我们坐，还会用茶缸端来热水给我们喝。当然，战士们对待那些十七八岁的女孩的态度，比对待我们这些十一二岁的毛头小孩更要热情，他们喜欢围坐在大姑娘身边看电影，至于他们的眼睛盯的是银幕，心里想的又是什么，只有天知道了。

我们家的邻居有一个姑娘，叫青云，青云是个大姑娘了，她喜欢去十七连看电影。凡是有关电影的消息，最早都是她发布的。因为十七连的战士跟她很熟。要放电影了，总有人给她通风报信。她个子很高，腰肢纤细，头发又黑又亮，喜欢梳两条大辫子。她眼睛不大，眉毛浅浅淡淡的，肤色白里透粉，非常有韵味。如果不是因为她的嘴生得有些大，她可以称得上一个美人。她带着我们去十七连看电影时，神情中总是带着几分得意，好像回她的娘家似的理直气壮的。到了电影开演的时候，她往往看着看着就不见了。我们都以为她去小树林解手去了，可她一去就不回来，直至剧终。所以若问她电影演了些什么，她只能说出个大概。

爱上青云家的，是小钟和小李，他们总是结伴而来。小李好像是部队的文书，不太爱说话，又黑又瘦的。小钟呢，他不胖不瘦，浓眉大眼，肤色跟青云一样白皙，在十七连当伙夫，所以有时他会偷上一些豆油带给青云家。青云一烙油饼的时候，我就想一定是十七连的人又给她送豆油来了。青云那时中学毕业，在家务农，那一年的秋天她去看护麦田，得了尿毒症，住进医院，不久就死了。她死的时候小钟正回南方探家，他回来后并不知道青云已是另一个世界的人了。而一直在连队没有下山的小李也不知情。等到又要放电影的时候，小钟和小李来到青云家，听说了青云的事后，两个人都呆了。其中小钟还落了泪，人们依据泪水，判断青云跟小钟是一对，小李只不过是个陪衬罢了。青云没了，我们得知电影消息的源头也就断了。从那后，我们很少到十七连去看电影了。不久这个连队就换防到别处去了，他们留在营地的，不过是几顶废弃的帐篷。我们采山经过那里的时候，总要看看那两棵悬挂着银幕的大树，当时树间的那方白布曾上演过多少动人的故事啊。树还在，故事也在继续，只是演绎着这故事的人已经风云四散、各自飘零了。

木匠与画匠

去年装修新居，我从老家运来了一些樟子松板材，想让家里的书架、写字台和餐桌都使用天然的木料，我想看它们身上透露着的妖娆的花纹，我还想闻樟子松木散发出的那股独特的气息。在远离家乡的都市，有它们陪伴着我，我会觉得格外踏实、温暖。

事情并不像我想的那么简单。板材运来后，负责装修的工长对我说，这板材还要运到工厂进行切割和抛光，因为它们太毛糙也太厚了。而且，他说如今城里的木匠根本不会用这样的板材打家具，他们只会用市场出售的板板正正的细木工板。我跟工长说，我无论如何也不会用细木工板来打书架，让他一定想办法请一个能胜任这活的木匠。

板材先是被折腾到工厂进行切割，把长的截短，将厚的冲薄了，然后再把它们拉回来，一摞摞地堆在厅里。我以为这就万事大吉了，然而这板材似乎架子很大，不那么轻易让人在它身上动锯和刨子，没过一周，它们又来了毛病，也许是没有被充分烘干的缘故，材质开始变形，有的看上去凹凸不平，没办法，它们再一次被运进工厂，这次是给它们压光。回来后的它们果然平展多了。它们在这幢高楼中乘着电梯三进两出，好像在为我的故乡做着广告。在那段日子，许多居民对它们比对我还熟悉，他们都问我，这是哪里来的木材。那口气好像在打听一个野孩子的来历。

工长从他的家乡请来了一个木匠。木匠一见那些木材，就会心会意地笑了，说，城里的木匠看见这木材，准蒙。言下之意，只有他对付得了它们。在木匠工作的那些日子，我每天都跑到工地看他干活，我帮他选择板材，哪些适合做书架，哪些又适合做写字台的台面，真的有给木材选美的感觉。木匠用刨子刨木板的时候，我常捡刨花来看。又薄又软的刨花上有着奇妙的花纹，感觉拿在手中的就是牡丹巨大的花瓣。那一段时间我异常兴奋，画了很多的家具草图，一会儿让木匠给我打个茶桌，一会儿又让他给我打个板凳。等木工活大功告成的时候，我觉得对我来说家装中最重要的工程已经完成了。

童年的时候，我觉得木匠是天底下最幸福的人。当你家要打家具时，就得把木匠恭恭敬敬请到家中，给他们沏上茶水，炒上几盘好菜，备上一壶烧酒，好生地侍候着。木匠呢，他们大都很神气，因为他们不像其他人靠种地为生，他们是手艺人，因而说话就很冲，主人稍稍招待不周，他们就挑板材的毛病，把它们说得一无是处，什么材质糟了，花纹不漂亮影响他的手艺了，等等，要中途撂挑子的样子。这时主人就得赶紧检点自己的“毛病”，给他递烟，赔着笑脸，把伙食的档次提高上去，木匠这才会“复工”。所以木匠背着的工具袋，在我眼里高贵得不得了，因为靠着这些形形色色的铁家伙，他们就能吃上好饭。他们不仅吃得好，家具打好后，还能得到数目可观的工钱。我家的邻居就是个木匠，他家就常常吃细粮，让我羡慕极了，觉得木匠过的日子才是日子！我们那时用着的家具，哪一个不是木匠亲手打出来的呢！想着木匠能让椅子长腿，能让桌子镶上抽屉，就觉得他们是有道理牛气的。

我童年时羡慕的人中，还有画匠。画匠多不是本村的人，他们从哪里来，我们并不知道。他们的肩上也像木匠一样背着帆布袋，不同的是，那里面装着各色颜料和各种画笔。不管人们家中贫穷还是富裕，都喜欢请画匠来家里画上一些画，在漫漫长冬里，那些画就是春天。画匠的活比木匠要轻巧多了，也艺术多了，他们把花鸟虫鱼画在炕琴上，画在门楣上，画在镜子上，画在椅背上，画在窗棂上。他们画的时候，我们这些小孩子喜欢凑在跟前围着看。画匠喜欢用艳丽、花哨的颜色，所以那画总是很惹眼，很热闹。画中一般是没有人物的，多数是唱歌的鸟、盛开的花朵以及肥硕金红的鲤鱼，所以那画看上去总是莺歌燕舞的。画匠在画画的时候，是住在主人家里的，主人也照样拿出好饭好菜好酒款待他们。他们走的时候，口袋里也会装上丰裕的工钱。那时我对画匠崇拜极了，想着一个人靠着画画就能混上好吃的，而且能自由自在地游荡，真恨自己那双把茶杯都会画歪的笨拙的手。

随着时光的流逝、生活的富足，木匠和画匠在那样的小山村已经消失了。城里的木匠，只会使用机械制造出的合成板材，他们大约连刨子都不会用。而画匠，即使有，也不是我所见过的那种带着传奇色彩的游走的人了，他们会有自己的一爿小店，等着上门来的生意。在我的故乡，当年木匠打出的那些朴拙的家具和画匠描画的画，肯定还有幸存于某座老屋之中的，只是真正热爱它们的人少之又少了，让我们在回望岁月时，不由得发出一声叹息。

听时光飞舞

时光和月光一齐在古乐中飞舞，老人们的面容在我面前渐渐模糊起来，因为那屋外的泉水已经悄悄流入我的双眼。

听时光飞舞

去年中秋节我若拥有霓裳羽衣就好了，我也许会在清幽的丽江古城里被千年以前的帝王之魂引入九霄轻歌曼舞。因为在那个月夜，我看见了千年前的古泉依然淙淙流淌，千年前的古乐依然在雪山脚下回旋。在一个烛光摇曳、微风轻拂的时刻，我的双眼突然蒙上了泪水，因为我听见了时光飞舞的声音，在这种声音中，已逝世纪的宫殿、回廊、车马、银器、帝王、身着丝绸高绾发髻的女人突然纷至沓来。我触摸到了先人们勃勃跳动的脉搏。

到达丽江时已是黄昏，从车上便遥遥望见了屹立于古城北的玉龙雪山。它巍峨挺拔，山顶终年被积雪覆盖，至今尚未被人类征服。我对人类从未征服过的山总是心生无限的崇敬，因为它瓦解了人类自以为战无不胜的意志，让人类明白挑战是有极限的。它的主峰“扇子陡”海拔五千五百九十六米，绝大多数时间被云雾缭绕，难得“开脸”，使无数企望一睹它芳容的人怅怅而归。

丽江是世界闻名的赏月景点，我们有意在中秋节的那天赶到那里。这座老城始建于宋末元初，是纳西族居民的聚居地。这里没有汽车，没有噪声，连骑自行车的人都少见，人们走在石板路上没有焦虑和匆忙，有的只是从容和安详，我在细雨中沿着泉水漫步，听着高跟鞋敲打石板路的清脆的回响，有种梦回唐朝的感觉。

天色已晚，空中仍然云雾涌动，我们对月亮的出现已经不抱什么幻想，一行人便去四方街听洞经音乐。

这是主人特地为我们举办的一场音乐会。在此之前，我对这种音乐几乎一无所知。我们走进一座极其古朴的矮小的木屋，面积不过一百平米，屋子的木椽未着油漆，透出本色，给人一种十分温暖、亲切的感觉。主人已经有备在先了，赏乐者矮矮的小木椅前横置着杏黄色的长条凳，上面用碟子装着果品点心，最使我惬意的是座下那遍铺着的碧绿的松针，它们松软舒适，散发着一股植物特有的芬芳。主人说，只有贵客来临，他们才用松针铺地。

我们落座不久，演奏古乐的老人们就带着乐器一一入场了。他们都在花甲之年，有的甚至已经七八十岁了。他们穿着黑底印满金黄色铜币图案的绸质长袍，有的头发和胡须完全花白了。他们的演奏有三大特点，一是演奏的是纯粹的古乐，二是演奏者以老人居绝大多数，三是他们使用几件我国外地均已失传的民间乐器：四弦弹拨乐器“速古笃”（胡拨）、曲项琵琶及双簧竹管乐器“波伯”（芦管）。

老人们坐在黑色木椅上，手扶乐器，明亮的灯光将他们脸上的皱纹很明显地照映出来，但他们一致拥有不惧沧桑的平和表情。演奏台与看台没有界限，我坐在第一排，与他们近在咫尺。

演奏终于要开始了。屋子里的灯光突然消失了，我们陷在黑暗中，一种摄人心魄的寂静中忽然有划燃火柴的“嚓——”的声响，一簇橘黄色的火苗鲜润活泼地诞生了，它被一双老人的手护卫着，勃勃地靠近台中央神龛上的一支蜡烛，蜡烛亲切地接受了火光的热吻，欣然散发出柔和恬淡的光晕。在这片黎明般飞旋的烛光中，“咚咚——咚咚——咚——咚咚——咚咚——咚咚咚咚咚——”的鼓声突然如骤雨袭来，接着是一声开阔悠长的锣声响起又落下，音乐如长河流水一般汹涌而来。那一瞬间，我犹如回到了远古的洪荒年代，看到了篝火、奔跑的野兽、茂密的丛林和苍凉的黄昏。随着音乐越来越走向细腻、典雅和舒缓，时光也迅速向前移动，我来到了汉朝的石桥，河对岸店铺林立、画坊遍布，空气中洋溢着好闻的墨香气，文人学士饮酒作赋。这是《八卦》曲，它以一种无法言传的魅力把我带入了遥不可及的旧时光中。我专注地看着已逾八旬的赵应仙老先生，他双目微合，手操大胡，烛光将他的白发和那缕花白的胡子染成金黄色，仿佛要将他燃烧。他的嘴唇不由自主地轻轻嚅动，仿佛在咀嚼着什么。他在咀嚼音乐还是已逝的青春？

洞经音乐是一种道教音乐，当然也有人认为它融入了佛教的精神。研究者对于它如何流入偏远的云南丽江地区看法不一，有人认为它来自京城，也有人认为来自南京，还有人认为它来自四川乐山。旱路由司马相如治西夷时传入，水路大抵是由大渡河至宜宾，然后再入金沙江。不管它来源何处，这种典型的汉族音乐最后落脚于雪山脚下的纳西族人的居住地，由他们继承和发展下来。

欣赏完《八卦》，跟着奏响的是《山坡羊》《十供养》《到夏来》《浪淘沙》《清河老人》等曲目。在这过程中，我的思绪一直朝着古代翻涌。主人悄悄送上来一盅盅美酒，然后又是一碗碗雪茶。雪茶是一种生长在玉龙山雪线附近阴湿岩石和苔地上的地衣类植物，形似松针，体色银白，气味先苦后甘，清香沁人。这种别致的茶和如临仙境的音乐使我对现实产生了一种虚幻感，我不知道自己是否还在，我在我又是谁。我所能感觉到的就是音乐带来的遥远的时光，我看过许多反映汉唐时期生活的电影和电视剧，也读过许多汉唐时期文人墨客的文章，也曾见过这个时期留下的石窑和陈列在博物馆中的文物，可它们从未把我真正带入过去，我没有听到那个时代的呼吸声，是洞经音乐终于叩开了我的心扉，轻而易举就让我在古城中领略了千年以前的流水和斜阳。

演奏的间隙，我悄悄抽身来到屋外的方形场院。仰望天空，我不由得惊呆了：月亮竟然饱满地出现了，先前的阴霾突然不见，月光荧荧地照着屋子的飞檐，仿佛人世间的美好事物都要相约于一天出现在我面前。难道不是清幽的洞经之声吸引了月亮吗？月亮在聆听这来自大地的丝竹之声。我垂下头又向对面望去，使我更为吃惊的情景出现了，对面木屋的窗子敞开着，有五六颗白森森的人头探出来，他们挤靠在一起，头上裹着孝布，也在聆听洞经音乐。看来这家死了人，他们正在守灵，却经不住音乐的诱惑。我便想象有一个已故人也在倾听音乐，死亡顿时变得平和和诗意了，我就是在那一瞬间渴望着拥有霓裳羽衣，因为我突然顿悟有多少逝去的灵魂就在我身边浮游，比如那个曾创作了《紫微八卦舞》乐曲的风流皇帝唐玄宗，我一直为他的爱情故事所感动，也许他的灵魂就在月下的古城徘徊。我三十岁了，身材还称得上窈窕，虽然我没有杨贵妃的美貌，但我自信霓裳羽衣加身后，再将秀发高绾，月色中也一样清丽动人。我那样装扮后，我所仰慕的灵魂也许就会引我飞入重霄，让我在银河中舞蹈，在月光中沐浴。

洞经音乐是多么优雅、纯洁而高贵。我甚至觉得玉龙雪山之所以如此俊美，是由于终年聆听古乐的结果。这样的山注定是不可征服的。

我是多么庆幸在我三十岁的时候，在中秋节，能看到一轮真正无瑕的月亮，能够在一个晚上走过一千多年的历程。时光和月光一齐在古乐中飞舞，老人们的面容在我面前渐渐模糊起来，因为那屋外的泉水已经悄悄流入我的双眼。

十里堡的黄昏

如果在京城想听马蹄踏地的嗒嗒声，请到东郊十里堡去吧。当你从沉香袅袅、森严堂皇的故宫出来，遥望苍翠的景山和不远处舟楫点点的北海，忽然对那种脱离自然的人工景观有了某种惆怅的时候，请踏上电车，去十里堡吧。

十里堡是都市中的乡村。黄昏降临时，印染厂门前那条本不清澈的河水便被夕阳的余晖给涂抹得一派灿然。简朴陈旧的桥两侧这时就被郊区的菜农给占据了。新鲜的挟着泥土的蔬菜比比皆是。这些菜农面若枣色，穿布衣，有的妇女在冬季时包着土里土气的头巾，他们提秤的手和他们的吆喝声一样粗糙。有时他们还赶着马车或驴车来。单匹的马或驴牵着一部木纹处显着亮光的板车，车上是水灵灵的蔬菜。他们有板有眼地走在黄昏里，没有比这种情景更感人的了。在炊烟深处，你屏息谛听马蹄踏在沥青路面的回声吧，好像有人在深夜敲着梆子单调地报时，又好似满江的冰雪在初春还原为水时发出的激情的碎裂声。听完了这种来自乡间的声音，你沿着十里堡那条庸碌、闭塞的长街再走上一刻吧。卖白鲢鱼的人将期望的目光投在你身上，一些白发苍苍的老人坐在胡同口的矮板凳上沐浴夕阳，老人背后的砖房是苍灰色的，它经历了多少年风雨的洗涤，它所听到的马蹄声不用说是悠久了。如果你走路稍不留神，会被四处支起的小摊撞着。卖驴打滚的人戴着鲜亮的白帽子；煎饼果子的摊前总是那么热气腾腾；炸饼在油锅里发出知了一般的叫声；卖各种腌菜的老婆婆，将那五颜六色的腌菜一盆盆地陈列在玻璃柜里，玻璃锃亮锃亮的，里面的每样腌菜都是老婆婆的一个童话。走在这样的街上，你会感觉到生活的气息阵阵拂来，给人的精神以一种慰藉。

秋天尽了，苍白混沌的冬天来了。十里堡桥下的流水在傍晚时常常升腾起一团团乳白的雾气。站在桥头卖菜的农人如临仙境，但他们绝不会因为雾气的影响而短斤少两，他们在浓雾中拼命睁大双眼去看秤星，他们的布底棉鞋踩着坚实的路面，远来的马蹄声越发响亮了。那时我们会更加怀恋春季时在桥头卖鲜红草莓和樱桃的小姑娘，怀念秋季时挑着沙果担子的壮健的汉子。他们不是京城人，他们居住在农村，种菜、种粮，也种花。他们的夜晚由于拥有真正的月光，而令城市被灯火簇拥的灿烂夜景黯然失色。农人们在城市的边缘生活着，他们不时给京城挟来新鲜的田野气息，送来生命中最不可缺少的养料，送来稻谷、玉米、水果、蔬菜，也送来朴实忠厚与善良。因为有了他们，京城就像被一股活水围绕着，富庶美丽，生生不息。

我忘不了离开北京的那年冬天，圣诞节前夕一个低沉的黄昏，还是在十里堡那条幽僻的长街上，我拿着刚买到的一沓散发着廉价香水气味和美丽谎言的贺卡朝回走，忽然在桥头遇见了一个卖竹编小摆设的乡下人。他年纪很大了，穿一件黑棉袄，面目有些迟钝。篮子里放着形形色色的竹编：黑嘴巴短尾巴的狗、胖乎乎的小鸡、姿态娴雅的鸭子和有着鲜红眼珠的小兔子。我问他每件卖多少钱，他说一元。他并不看着我说话，我蓦然察觉这是个盲人。我问他这些小动物可是他编的，他点点头。我突然觉得羞愧难当，我花许多钱买来了一堆印刷精美却难掩矫情的贺卡，而对这些充满自然气息的竹编却熟视无睹。是城市要消灭一个有着故乡的人的心中那最后一缕乡愁吗？那一刻我的眼睛发潮了。

天坛的参天古树、颐和园的楼台亭阁、王府井的繁华街市，并没有给我留下太多的回忆。能让我想起北京的，总是东郊那个叫十里堡的地方，那个我生活了三年的地方，我忘不了那儿的黄昏。

鲁镇的黑夜与白天

名人的故居，最辛劳的要数门槛了。它要承载参观者或轻或重的脚印，这脚印当然比不得落叶抚过来得温存，更比不得风儿漫过来得清爽。更何况，这老门槛迎来的并不是它旧日的主人，它听到的大抵是游人的感慨声和照相机快门跳动的咔嚓声。稍好一些的，也无非是怀着凭吊情怀的人发出的几声叹息。我想这门槛在寂静的深夜，也许会为自己身上无端地沾染了陌生人脚上的尘土而感到难过，它也许会捂着被践踏得伤痕累累的脸，对着屋顶的残瓦或者天井中的老树而哭泣。

我是迈过鲁迅故居的门槛的，我不敢踩它，怕那像历史卷轴一样的门槛会被踏碎了。天色本来就阴沉，再加上人多嘈杂，我已消去了对这老屋的兴趣。只记得它很大，门是一重接着一重的，所有的房间都陈设着古旧的家具和器皿，它们就像老人们历经沧桑的眼睛一样，沉静而又略嫌冷淡地望着我们。我注意到，屋子没有大窗口，那栗色的窗子又一律是木格的。木格很细碎，它们就仿佛是横在窗上的一把把剪刀一样，把进屋的阳光给凭空剪得零落而黯淡，所以几乎很难看到一间阳光充足的屋子。我想当年的“迅哥”流连在这样的深宅大院里，住在永远暮气沉沉的房子里，他对外部世界的关注就会更为迫切。而由这寂静和昏暗生发出的幻想，也会像河里游荡的小鱼一样地活跃。

这是绍兴，而绍兴在我的心目中就是鲁镇。在听过了一场让人失望的“社戏”后，我与几位朋友寻到了一处大排档，那已是子夜时分了。没有星星，亦没有月亮，大排档正在高潮上。那排档是南北向的一条长巷，有些歪斜，而正是这歪斜，使它显出了随意、世俗和浪漫的气息。巷子里湿漉漉的，这当然不是雨的滋润，而是每个摊主洗菜时泼出的水。摊位一座连着一座，它们是清一色的塑料棚顶，每个棚子大约放四五张圆桌，每张桌都能容七八个人。摊前的煤火通红通红的，炒菜的声音和着摊主招徕客人的声音，让人觉得亲切和温暖。我们要了炸臭豆腐干、咸蛋黄炒番瓜丝、爆炒黄泥螺、辣椒鳝丝、盐水煮茴香豆等菜，叫了一壶酒。酒不用说了，一定就是孔乙己和阿Q都喝过的黄酒。这酒被温过，未放城市里时尚喝法中所加的话梅、姜丝、冰糖等调味品，因而醇正敦厚。我们先前还比较文雅地吃酒谈天，后来酒喝得人情绪飞扬，几个人就行“棒虎鸡虫”的酒令玩，输家罚酒，往往是男人一说“鸡”就赢，而女人一说“虫”则输，大家又笑又叫，好不快活。这种时刻，我心中鲁镇的影子一闪一闪地呈现了，我嗅到了一股古中国生活的气息。我仿佛看到了孔乙己穿着长衫站着喝酒的情形，他用尖细的手指在柜台上排出一文一文的铜钱；我还看到了在酒楼上的吕纬甫讲述两朵剪绒花故事时怅惘的神情。我甚至想，如果不远处的护城河下停泊着一条船，我们登得船上，在夜色中划桨而行，一定能够看到真正的社戏，能喝到戏台下卖的豆浆，当然，如果碰到一个老旦坐在椅子上咿咿呀呀地唱个不休，我也一样会烦得撑船就走。如果偷不成别人家的豆子在船上煮着吃，就偷一缕月光来当发带，让它束着我随风飘扬的长发。夜越来越深了，是凌晨两点的时分了，我们却毫无睡意，这时忽然来了一个瘦弱的孩子，他胸前斜挎的吉他比他还要高。他手里拿着一个用小学生的练习本写就的歌本，很老练地请求我们点歌。他眼睛很大，但却没有少年的那种天真之气。我问他几岁了，他说六岁。又问他点一支歌多少钱，他用生意人惯用的口气告诉我，点一支四元，但如果点三支的话，只收十元钱。我不假思索地说，那就点三支。他唱的第一首歌是《三个老婆》，歌词写得庸俗不堪，什么“三个老婆不嫌多”“老婆多了有人疼”等等，歌词里甚至形象地给三个老婆所司其职做了分工，什么做饭的、捏脚的、陪睡觉的等等。他这一唱，大家的心一下子沉下来了。在他身上，我看不到少年闰土身上的天真、朝气和童趣，反而感觉相遇的是成年的闰土，那个被沉重生活压迫得几近麻木的闰土。我们没等他唱另外两首歌，付了他十元钱，打发他走了。他挎着吉他离去的背影有些摇晃，感觉那吉他是一头蛮力十足的怪兽，死死地拖着他走，我真怕它在这黑夜里把这卖唱的少年给拖得支离破碎了。自此，大家再无兴致逗留，仿佛是刚参加完一个好友的葬礼似的，郁郁走掉。

次日我起得很迟，把早饭和午饭放在一块吃了。天色仍然寡白寡白的，两三朋友聚集在一起，都说不想到安排好的景点去参观，我说那不如到绍兴的老街走一走。以我的经验，看一卷历史书，不如在一个有历史感的老街上走上一程更能领会历史的含义。因为老建筑会透出一股清秋般的苍凉之气，你能在其上看到岁月抚过的痕迹，触摸到历史心音的脉搏。

沿着绍兴广场的护城河向北走，没有多远，老街就呈现了。见到它，我的眼睛蓦然一亮，感觉它仿佛扭着身子活跃地动了几下。在被高楼簇拥着的宽敞的柏油马路上行走，我常常觉得自己走在一具巨大的僵尸上，紧张、空虚、不知所措。而在狭窄的老街上闲走，我会无限地放松和陶醉。这种时刻，你觉得那街分明像河流一样，它潺潺地流动着，等着你的脚踏出阵阵水花。这街只有两米左右的宽度，它的两侧是层层叠叠的老房子。房前的门楼各具特色，有的高而窄，有的矮而阔。房子多数是两层的小楼，也有三层的，但极少。它们的色彩以栗色和苍灰为基调，屋顶的瓦却基本是深灰的，灰色年头久了，就泛黑了。不过它们与天色是极为协调的，仿佛它们就是天的底座。你不要小觑了这老街，看着它不长，走起来就长了，长得仿佛没有尽头。而且它也不是笔直的，略略地弯着，它这种弯不是老人的那种透出暮气的驼背，而是一个少女笑得不能自持时妖娆的弯腰，风情万种。街上很少有行人，石板路上干干净净的，给人以明净、妥帖之感。我们推开了几户门楼，进得院子，想更直接地接近老房子。真正的老屋比比皆是，它们保持房屋原来的状态，格局是老格局，窗户也是老窗户。到这样的屋子里走一下，你会嗅到一股散发着隐隐腥气的潮味，仿佛这房子是放置已久的鱼，它因离河太久而伤感得落泪，那气息或许就是它的眼泪。如果不是有现代的人闪现在房子里，我会误以为回到了一百年前的鲁镇，听见了单四嫂子在空虚寂静的夜晚呼唤宝儿的哭声，嗅到了华老栓买来的人血馒头被火焰舔舐过所发出的奇怪的香味，看到了在祝福声中被主人呵斥后凄凉地放下烛台的眼神呆滞的祥林嫂。这是鲁镇，是鲁迅笔下那个永远也不会消失的鲁镇。那屋檐上的荒草，那窗棂上所弥漫的蒙昧天光，那院子中的桂花树，那天井中放置的杂物，似乎都透着旧时代的气息，它让人有某种伤感和惆怅，又让人有某种辛酸后的喜悦。

在那条老街里，留给我印象最深的是一个着白衣的盲人。他用一根细而长的竹竿探着走路，走得不急不躁，有板有眼。看来他对这老街熟稔至极，老街也许是他的眼睛仅能看到的一道光。当我们走完老街在一家茶楼坐下时，透过拉起的窗户，我能望见护城河上的拱形石桥。那桥是灰色的，上面匍匐着一些绿色藤萝，有棵高高的柳树越过石桥，它就仿佛是一个淘气的少年，赤脚站在水里，笑嘻嘻地看着流水。把目光放得远一些，再远一些，便可望见老街上的房屋，看见灰瓦和飞檐，它们就像飘浮在鲁镇上空的凝重的浮云，让我陷于回忆和思索之中。

我总想鲁迅在骨子里其实是一个浪漫主义者。只不过我们把他定位在“民族魂”这个高度后，更多地注意了他作品的现实和批判的精神，而忽略了任何一个伟大的作家内心深处都具有的浪漫主义情怀。从他的故居直到老街，我感受到的是栩栩如生的鲁镇，它闲适、恬静、慵懒、舒缓，这种环境是能让人的想象力急遽飞翔的地方。孔乙己是现实的，但也是浪漫的，只不过那是被苦难压榨出的辛酸的浪漫，他赊账喝酒，他偷了书被人打断了腿时为自己的辩解，都体现了鲁迅在其身上倾注的浪漫主义的热情。还有那个让人过目不忘的阿Q，我觉得阿Q就是一个浪漫主义者，他对革命的无知的游戏态度，他由调戏小尼姑而生发出的对爱情的向往，他自甘其辱后的精神上的自我安慰，直至他为自己生命的终结而努力画上一个圆圈时，阿Q的形象都是神秘的、可爱的，让人憎恨而又同情的。而在《故事新编》中，鲁迅的浪漫主义情怀可以说是体现得淋漓尽致，挥洒自如。《奔月》里吃腻了乌鸦炸酱面的嫦娥，《出关》里骑着青牛的老子，还有《铸剑》里在滚烫的大金鼎里那颗如泣如诉的报仇的人头，不都在向我们昭示着：这是些有光彩、有魅力、经得起时间检验的浪漫主义人物嘛！

绍兴似乎总是阴气沉沉的，我心目中的鲁镇因了这特定的天色而一直伫立在眼前。它的白天和黑夜仿佛是没有界限的，白昼有暗夜的气象，而黑夜又有白昼隐约的影子，一如鲁迅作品带给我的气息。当我喝了一杯碧绿的茶，再望护城河的时候，望见了一条乌篷船正从远处荡来。那船黑黑的，就像跃出水面的一条青鱼。到得近处，我见那桨搅起一阵一阵的乌黑的淤泥上来，它使绿水有了一道道黑色的印痕，就像人的伤疤一样。待我把目光再转到石桥上时，竟然看见了先前在老街里遇见的那个盲人，他怀抱着竹竿，坐在石桥上。但他不是沉静地坐着，他不时地转身，用竹竿去抚弄柳树，于是就有一些微黄的柳叶天女散花般地被打落，它们落在水里，向下游荡来，渐渐地接近我们所坐的茶楼。我多想在它们经过的一瞬泼一杯清茶于它们身上，可我怕同行者笑我痴狂。而且我也不敢肯定，它们确乎能够领受茶的芬芳之气，于是就只是静静地看着它们一摇一摆地走远。

西栅的梆声

乌镇是一枝莲，东栅、西栅、南栅、北栅是它张开的花瓣。东栅因为天光和烟火气盛，这片花瓣在我眼里是银粉色的。西栅呢，它被不绝的流水环绕着，那层层叠叠的楼台水阁，迷宫似的灰街长巷，也就有了舟楫的气象，似乎你轻轻一推，它们就会起航。这片轻灵的花瓣，在我眼里就是烛白色的了。烛白色不像银白那么耀眼奢华，也不像乳白那么温柔平淡。烛白色，它高贵朴素，充满激情而又深沉内敛。因为烛白色里，掺杂着天堂的色彩。

来乌镇的，不仅仅是人，还有白鹭、云朵、晨雾。与它们比起来，倚赖车船出行的人，是多么的被动啊。白鹭来，乘着清风，扇动着丝绸一样的翅膀，倏忽间就翩然而至了；云朵呢，如果它们思念身下这片枕河入梦的人家了，从天宇的某个角落出发，且歌且舞，飘飘洒洒，也是说到就到了。比起白鹭和云朵，晨雾不是远客，它们就栖息在乌镇纵横交织的水泽深处。只要它们起了顽皮，就一哄而起，缚住太阳，把人间幻化为海市蜃楼，霸气十足地做这世界早晨的皇帝。

我在乌镇，住在西栅。西栅由十二座小岛组成，所以进出西栅，须乘坐渡船。到乌镇时已是晚上九点，江南的雨淅淅沥沥下着，好像乌镇这个素服女子忙活了一天，正在做安寝前的沐浴。从西栅的码头登船，去通安客栈，大约一刻钟。西栅的渡船是我喜欢的那种，带篷的木船，梭形，人工摇橹，至多坐六人，既不像大船那样笨拙少情调，又不像只能容一两个人坐的小舟，在水波上活跃得像条鱼一样，让人心生不安。不大不小的渡船，如同恰到好处的鞋子，最适合游人的脚。船家是个女子，乌镇人对她们有个亲切的称谓：船娘。而我觉得，女子的性情，最适合在西栅摆渡。因为这儿不是荒凉的海域，需要顶天立地的男人披荆斩棘，西栅是一个宁静的港湾，是个听桨声的地方，由性情多温婉的女子做“掌门人”，再妥帖不过了。

船娘戴着斗笠，不紧不慢地摇着橹。虽然落着雨，但岸上投下的灯影，依然盛开在河面上，看来电的筋骨，实在强啊。没有月亮的夜晚，那一团团湿漉漉的橘黄的灯影，看上去像是月亮生出的金发婴孩，是那么的鲜润明媚。带着一身的水汽，船停靠在客栈的码头上了。简单吃了点东西，洗漱后躺下，已是深夜了。旅途的劳顿，并没有使我立刻入睡。不过在西栅，失眠是幸福的，因为你在静得出奇的夜里，能听见淙淙的流水声。

来乌镇的次日，是茅盾文学奖颁奖的日子。我醒来的时候，西栅还没醒，因为它被浓雾包裹着，所以到了天亮的时辰，它却亮不起来。早饭后，我出了客栈散步。上了一座灰白的石拱桥，站在桥上，只见河两岸的房屋，好像晾晒着一匹匹白色的丝绸，被雾气紧紧缠绕。你想看远一点的河道，看不清楚；想看近处房屋的飞檐，也是看不清楚的。雾中的西栅，也就有了如梦似幻的感觉。上午十点多，雾小了，雨又来了，所以那个白天的太阳和那个夜晚的月亮，是逃跑的新娘，芳踪难觅。如果说乌镇是一朵静静的莲的话，那么茅盾文学奖的颁奖典礼在我眼里就是昙花。那个夜晚的颁奖盛典结束后，第二天，与会人员纷纷离去了。客栈的小码头忙碌起来，船娘忙碌起来，被桨搅起的水波，也忙碌起来了。

我也乘渡船出去，但奔赴的不是飞机场，而是东栅。太阳终于露出了芳容，天地间变得亮堂起来了。东栅游人如织，每一座石桥、每一条小巷、每一座古老的牌楼下，都有驻足观望和拍照的人。导游带着我们，先是参观了一个专门展览雕花木床的博物馆，然后去了乌镇名酒——从清朝就开张了的三白酒的酿造地。在乌镇这样的水乡，如果没有酒，老百姓的日子，无疑是少了魂儿。出了酒坊，近午的时候，在去餐馆的途中，我在一条巷子里，遇见一个白发苍苍的老婆婆。她将自家炉灶支在屋外，微微弓着背，神色怡然，当街翻炒着一锅羊肉。羊肉显然被酱汁浸透了，油红色，有扑鼻的香气。很多游人停下脚步，眼馋着那锅肉。而我眼馋的，是老婆婆手中的那把锅铲。如果我到了她这般年华，能像她一样自如地使着锅铲，为自己烹调下酒的小菜，那就是此生最大的福气了。

从东栅回来，小憩片刻，导游又带着我们游西栅，看了由白莲塔、通济桥和仁济桥所形成的著名的“桥里桥”景观、蚕丝厂以及酱坊。西栅最有趣的景观，是三寸金莲馆。那里展览的，是历朝历代形形色色的小鞋。有研究者说缠足始于隋唐，也有人说由五代兴起。清入主中原后，反对汉族人缠足，尤其是康熙大帝。从这点看，康熙就是一个充满人性的皇帝。康有为在自己的老家广东南海，还曾联合当地乡绅和开明人士，创立过不缠足会。这种病态的审美和风习，在中国流传了近千年，却是一个不争的事实。那些小巧玲珑的鞋子，多有斑斓刺绣，花色妖娆，可我却看不出丝毫的美来，因为它们是女人的脚镣啊。

游过西栅，天色已昏。我们就近在一处临河的餐馆吃晚饭。饭后，回到客栈，清理完旅行箱，想想明天就要离开西栅了，心中似乎还有什么割舍不下的。九点一刻，我独自出了门，看夜下的西栅。

石板路上，几乎看不见行人了。西栅静下来，而另一种光明，却升起来。点缀着夜晚的灯光，以乳黄为主，但也有幽蓝的光带，裹着石桥，使桥有了闪电的气象。那一盏盏古朴的风灯，在苍灰的屋檐下，随着晚风轻轻摇荡，像恋人温柔的眼。我走进一条深巷，周围竟一个人都不见，那一座座阒然无声的深宅大院，使我怀疑里面居住的不是人，而是神灵。我有些害怕，连忙回到离出发点不远的放生桥那儿，桥下有一个小酒吧，还有零星的顾客。刚停下脚步，就见柳树丛中闪出一只猫来，雪白雪白的，它好像赶赴什么约会，飞也似的越过石桥，去另一岸了。猫离去了，一个清扫员出现了。她一手拎着撮子，一手提着扫帚，打扫石巷。我看了看撮子，里面较少有废纸和食品包装袋之类的垃圾，更多的是落叶。乌镇再怎么的江南，也是秋意阑珊了。我跨上桥，刚好看见有一只载客的船从远处荡来。我听见客人在问："岸上是什么树呀？"船娘答："香樟树。"之后再无人语，有的只是水声。我看着这只船渐渐接近石桥，然后鱼似的从桥下跃过，不见了踪影。正当我要走下石桥的时候，一阵梆声石破天惊地响起，这是打更的人在报时了。打更的人穿行在哪一条巷子，我并不知晓。但这寂寥而空灵的梆声，与教堂的钟声一样，让我身心顿时为之一爽。是啊，这禅意深厚的梆声让我明白，所有的盛典和荣耀，不过是一季的盛花，会转瞬间化为流水。那些相识的和不相识的人，包括我自己，不过是这世界的过客而已。明白了这个道理，你就不会在脱离了灯火璀璨、人语喧嚣的环境后，惧怕一个人走夜路。这复古的梆声，让西栅的夜，白了。

尼亚加拉的彩虹

自从爱人初春因车祸而永久地离开了我，我推掉了所有笔会的邀请，在哈尔滨独自待了四个月。盛夏最热的几天，我却觉得周身寒冷，穿着很厚的衣服枯坐在书房中，这时我懂得了什么叫“凄凉”。面对着市井的嘈杂之声，我第一次觉得世界仿佛与我无关了。有那么一段时间，我不敢接电话（怕别人安慰我），不敢上街（几乎每一条街都留下了我们共同走过的足迹），更不敢上商场（我仍能清晰记得在哪家商场为他买过格子衬衫，在哪家商场为他买过鞋和裤子）。我终日流泪，沉浸在对往昔温馨生活的回忆中，以至于眼痛得无法看书。以前我很少做噩梦，可那一段时间噩梦连连，有好几次我惊叫着在深夜中醒来，抚摩着旁边那只空荡荡的枕头，觉得自己是那么的孤立无援。

我知道人死不能复生的道理，也知道我必须要直面这突变，勇敢地活下去。于是，渐渐地，我能够接电话了，能够拿起笔来写作了，能够在傍晚时去夕阳笼罩的街道上散步了。我记得他去世后我在一个雨天第一次拿起笔来，为自己即将出版的新书作跋时，只写了一行字就泪流满面。那支笔是爱人送我的结婚礼物，婚后四年我一直用它来写作。笔犹在，人已去！命运的风云突变让我更加珍爱这支笔：爱人都会别我而去，而它却永远不会抛弃我。

文坛的朋友们纷纷打来电话，约我出去散心，均被我一一谢绝了。我想我应该正视发生的这一切，离开哈尔滨意味着“逃离”，而我今后必须还要走我们曾走过的街道，还要去我们曾去过的商场，还要到我们曾举杯共饮的餐馆，我不能把这曾十分熟悉的日常生活统统排斥在我的未来生活之外，这不现实，也不人道。于是，拾笔写作之后，我鼓励自己逛商场、散步，虽然我常常在经过某个街角时会心痛得无法自持。

整整四个月我没有外出。这在我的生活中是从未有过的。我的精神状态和身体状态糟糕到了极点。我害怕见到人，害怕放下笔来回到现实的那个瞬间。所以，当我受邀去加拿大参加国际作家节时，犹豫了好几天才确定可以出去。

谁也不会想到，我去那里，其实只是为了重温尼亚加拉大瀑布曾带给我的震撼和感动。

一九九七年我访问美国时，曾对三处自然景观情有独钟：大西洋城的广阔沙滩、科罗拉多大峡谷壁立着的深赭色的岩石和奔腾咆哮的尼亚加拉大瀑布。

尼亚加拉大瀑布是世界著名的三大瀑布之一，位于北美的伊利湖和安大略湖之间的尼亚加拉河上。河水在前流的过程中由于地势陡然降低，形成了一处宽约一千二百多米、落差达五十余米的瀑布。这瀑布主要有两处，一处在美国境内，称“亚美利亚瀑布”，规模较小；而另一处“马蹄形瀑布”在加拿大境内，宽近八百米，气势恢宏。当年，我曾跟随游艇经由美国瀑布靠近加拿大瀑布，深深记忆着瀑布一泻而下时水珠四溅、水鸟翻飞、彩虹凌空而起的那个激动人心的画面。那时，我曾在连接美加两国的彩虹桥上拍了许多大瀑布的照片，想着有朝一日赴加拿大时，一定再来看这片瀑布。

飞抵加拿大后，我才知道国际笔会十几天的活动主要安排在首都渥太华，主办方并没有安排去多伦多的行程。会议像海边的空气一样自由松散，我有充足的时间逛街，在运河畔晒太阳，看着黑色的松鼠在草坪上跑来跑去。夜晚坐在街头的露天酒吧中与友人共饮葡萄酒时，感受着湿润而清凉的晚风，也觉无比惬意。只是如果不去看尼亚加拉大瀑布，总觉得辜负了这次远涉重洋的旅行。于是，我跟代表团团长蒋子龙先生建议，去多伦多看一次大瀑布吧。同行的徐小斌和周大新也积极响应。在蒋子龙和钮保国的努力下，我心仪已久的尼亚加拉之行终于成为了现实。

我们乘火车从渥太华去多伦多。出发时天还未亮，可见一轮圆月挂在天际（前一天恰是中国传统的中秋节）。火车行进了一个小时左右，天渐渐亮了。朝窗外望去，一侧是山冈上起伏的枫树，一侧则是泛着黝蓝光泽的波光浩渺的安大略湖。我们乘坐在头等车厢中，享受着比在国际航班中还要优质的服务。主食中的鱼佐以葡萄美酒，让我们那五小时的旅行格外地温馨怡人。

火车抵达多伦多后，前来接站的蒋子龙的天津同乡郭善群先生对我们说，你们今天来得正是时候，昨天多伦多还在下雨。我明白他这话的含意，那就是雨天中看瀑布只能看到一团迷雾，而晴天观瀑才能一览无余。游瀑布心切，我们直接上了郭先生提供的面包车，奔赴尼亚加拉。

两小时之后，我已经登上了观赏大瀑布的游艇。同五年前在美国一样，我罩上了天蓝色的雨披，以防船接近瀑布时飞溅的水花会打湿衣衫。

游船先从美国瀑布前经过，然后逐渐向右转，逼近加拿大境内的马蹄形瀑布。在船上，我脱离了同行者，站在船舷的最前沿，直接感受扑面而来的风和飞珠溅玉般的晶莹而清凉的水滴。在我的身后，一对新人正在举行别具一格的婚礼。为新郎新娘证婚的，就是这壮阔的尼亚加拉大瀑布。那一瞬间我突发奇想，如果让我爱人的葬礼在这瀑布旁举行，那对我该是多大的安慰啊！我愿意让他的肉体消失在水汽蒸腾、汪洋恣肆、洁净而明亮的瀑布里，而不是火葬场那肮脏的焚尸炉里！可是人类永远都把出生看得比死亡要庄重，好像死是“不洁”的，殊不知“死亡”在有些时候也是对生命的一种礼赞！譬如这瀑布，在我看来就是水的最壮丽的死亡，它们沿着尼亚加拉河一路缓缓走来，等待的也许正是这个俯冲而下、与云相接的时刻！

在马蹄形大瀑布前，我的心无比地忧伤，又无比地空阔，那一瞬间我泪如泉涌。我双手合十，对着瀑布默默地说：如果我的爱人去了天堂，请让彩虹出现吧！然而直到我回到岸上，彩虹却是了无痕迹。而五年之前，我在美国瀑布前却看到了妖娆的彩虹，这不禁使我怅怅然。我想是不是午后的缘故，抑或节气已至深秋，彩虹才不肯出现呢？

正当我在岸边踌躇漫步时，突然，我发现瀑布上空呈现了一道弓形的微黄的光影，我意识到彩虹就要生成，连忙驻足眺望。很快，那彩虹的形状和颜色变得越来越完满和深重，只短短几分钟的时间，彩虹已横跨瀑布，傲然屹立在晴空之下！我的内心一阵狂喜，不是因为彩虹本身，而是因为我面对瀑布的那个暗中祈求的兑现。如今彩虹圆圆满满地出现，我确信我的爱人是去了他所理想的净土——他一直渴望着的与世无争的、远离人间种种龌龊的和平的家园。这彩虹使我获得了莫大的温情和安慰。我想让同伴拍下我与彩虹同在的那个瞬间，然而恰在此时，相机卡了壳。我陡然联想起爱人出事的前两天，我和他在公园欲在盛开的桃花下拍一张合影时，相机同样卡了壳。它们是同一台相机。在出国前，我带它时还犹豫了一番。没想到它一路上安然无恙，偏偏在彩虹出现之时卡了壳。我顿然醒悟：爱人是不是不想让我与虚幻之物合影？桃花虽然艳丽，但它极易衰落；彩虹虽然绚丽，但它却已是天上之物。我明白世上但凡美好的事物，是最容易遭受摧残的。美好只是惊鸿一现，转瞬即会化为云烟。果然，没有多久，那道彩虹袅袅消失。留给我的，是大瀑布永不消失的轰鸣声。

我想大瀑布是永恒的。人类引以为贵的黄金宝石豪宅名车最后都会变为垃圾；人类引以为尊的权位和利益也终会化为虚无。只有大瀑布，它会上接天际之彩虹，下引地上之流泉，永存于天地之间。大瀑布就是天堂垂下的一块银白的幕布，等待芸芸众生在其上演出人间的悲喜剧。我甚至觉得，这块幕布就是步入天堂或跌入地狱之门的试金石，天地有灵，一些卑鄙苟且之人即使能在这个物欲横流的年代逃得过人间的审判，最终也逃不过天的审判。

从加拿大归来，我的心中满漾着那道尼亚加拉大瀑布上空的彩虹，我可以安然地继续平凡而朴素的生活了。我知道我的爱人不喜欢我总在泪水中度日，那么在此我想对他说：曾经拥有，不再遗憾。世界很大，但真正能留在我心底的，只不过是故乡的风景。我能相识千千万万个人，但他们在我的生命中大都只是匆匆过客，真正能留在我心底的，也不过一两个人。你已深深地留在了我的心底，愿你在彩虹的国度里永生吧！

光明于低头的一瞬

俄罗斯的教堂，与街头随处可见的人物雕像一样多。雕像大多是这个民族历史上各个阶层的伟大人物。大理石、青铜、石膏雕刻着的无一不是人物肉身的姿态，其音容笑貌，在各色材质中如花朵一样绽放。至于这躯壳里的灵魂去了哪里，只有上帝知道了。

莫斯科与圣彼得堡那几座著名的东正教堂，并没有给我留下太美好的印象，因为它们太富丽堂皇了。五彩壁龛中供奉的圣像无一不是镀金的，《圣经》故事的壁画绚丽得让人眼晕，支撑教堂的柱子也是描金勾银，充满奢华之气。宗教是朴素的，我总觉得教堂的氛围与宗教精神有点相悖。

即使这样，我还是在教堂中领略到了俗世中难以感受到的清凉与圣洁之气。比如安静地在圣洗盆前排着长队等待施洗的人，在布道台上神情凝重地清唱赞美诗的教士。但是这些感动与我在一座小教堂中遇见扫烛油的老妇人相比，就微不足道了。

莫斯科的东南方向，有一座被森林和草原环绕的小城——弗拉基米尔，城边有一座教堂，里面有俄罗斯大画师安德烈·鲁勃廖夫的壁画作品。我看过关于这位画师的传记电影，所以相逢他的壁画，有一种惊喜的感觉。教堂里参观的人并不多，我仰着脖子，看安德烈·鲁勃廖夫留在拱顶的画作。同样是画基督，他的用色是单纯的，赭黄占据了大部分空间，仿佛又老又旧的夕照在弥漫。人物的形态如刀削般直立，其庄严感一览无余，是宗教类壁画中的翘楚。我在心底慨叹：毕竟是大画师啊，敢于用单一的色彩、简约的线条来描绘人物。

透过这些画作，我看到了安德烈·鲁勃廖夫故乡的泥土、树木、河流、风雨雷电和那一缕缕炊烟，没有它们的滋养，是不可能有这种深沉朴素的艺术的。

就在我收回目光，满怀感慨地低下头来的一瞬，我被另一幅画面打动了：有一位裹着头巾的老妇人，正在安静地打扫着凝结在祭坛下面的烛油！

她起码有六十岁了，她扫烛油时腰是佝偻的，直身的时候腰仍然是佝偻的，足见她承受了岁月的沧桑和重负。她身穿灰蓝色的长袍，戴着蓝色的暗花头巾，一手握着一把小铁铲，一手提着笤帚，脚畔放着盛烛油的撮子，一丝不苟地打扫着烛油。她像是一个虔诚的教徒，面色白皙，眼窝深陷，脸颊有两道深深的半月形皱纹，微微抿着嘴，表情沉静。教堂里偶尔有游客经过，她绝不张望一眼，而是耐心细致地铲着烛油，待它们聚集到一定程度后，用笤帚扫到铁铲里，倒在撮子中。她做这活儿的时候是那么虔诚，手中的工具没有发出一声刺耳的响声，她大概是怕惊扰了上帝吧——虽然说几个世纪以来，上帝不断听到刀戈相击的声音，听到枪炮声中贫民的哀号。

我悄悄地站在老妇人的侧面，看着祭坛，看着祭坛下的她。以她的年龄，还在教堂里做着清扫的事务，其家境大约是贫寒的。上帝只有一个，朝拜者却有无数，所以祭坛上蜡炬无数。它们播撒光明的时候，也在流泪。从祭坛上蜂飞蝶舞般飞溅下来的烛泪，最终凝结在一起，汇成一片，牛乳般润泽，琥珀般透明，宛如天使折断了的翅膀。老妇人打扫着的，既是人类祈祷的心声，也是上帝安抚尘世中受苦人的甘露。

如果我是个画家就好了，我会以油画展现在教堂中看到的这一幕令人震撼的情景。画的上部是安德烈·鲁勃廖夫的壁画，中部是祭坛和蜡烛，下部就是这个扫烛油的老妇人。

如果列宾在世就好了，这个善于描绘底层人苦难的伟大画家，会把这个主题表达得深沉博大，画面一定充满了辛酸而又喜悦的气氛。

这样一个扫烛油的老妇人，使弗拉基米尔之行变得有了意义。她的形象不被世人知晓，也永远不会像莫斯科街头伫立的那些名人雕像一样，被人纪念着，拜谒着。但她的形象却深深地镌刻在了我心中！镌刻在心中的雕像，该是不会轻易消失的吧？

我非常喜欢但丁《神曲》的《天堂篇》中的几句诗，它们像星星一样闪耀在结尾《最后的幻象》中：

无比宽宏的天恩啊，由于你
我才胆敢长久仰望那永恒的光明，
直到我的眼力在那上面耗尽！

那个扫烛油的老妇人，也许看到了这永恒的光明，所以她的劳作是安然的。而我从她身上，看到了另一种永恒的光明：

光明的获得不是在仰望的时刻，而是于低头的一瞬！

石头与流水的巴黎

巴黎的教堂、宫殿、桥梁、博物馆、道路以及老城区的房屋，都是由石头铸就的。那石头于苍灰中隐藏着青白色，极似三月的塞纳河水，苍凉却不失温暖，凝重而又不失明媚。所以我对埃菲尔铁塔和罗浮宫前的金字塔都没有热爱之情，在我看来，铁塔像颗刺向巴黎的铁钉，而贝聿铭设计的玻璃金字塔无疑就是扎向罗浮宫心脏的一把尖刀。如果除掉这颗铁钉和那把尖刀，巴黎就是一幅极具质感的沧桑的油画，值得永久悬挂在天庭下。

巴黎众多的艺术馆，是我最向往的地方。我是由罗丹开始走入巴黎的艺术世界的。罗丹艺术馆，有一个很大的草木葱茏的庭院，他的代表作之一的《地狱之门》，就伫立在入口处，让人顿生肃穆之情。室内展厅有著名的《吻》《手》和《巴尔扎克》，也许是对它们的期望值太高了，我觉得它们有些微微的拘谨和庸常。我更喜欢的，是那些线条灵动、朴拙的小小的石头雕塑，那上面有懒洋洋的少女，有拥抱着的恋人，这样的作品看上去更天真和传情。雕塑其实是一种让坚硬变得柔软的艺术，所以我对那些能让我感受到柔软情怀的作品更情有独钟。

接下来我去的是位于玛莱区的毕加索美术馆。我以前对毕加索没有特别的喜好，觉得他在用色上跟莫奈一样花哨、招摇，而且认定他只是一个形式主义的画家，没有更深的精神内涵。可当我看到他的二百多幅层层叠叠地排布开来的画作，以及他的那些雕刻品、陶瓷品之后，我震撼了：毕加索确实是个天才，是个天马行空的永远不可能被人替代和遗忘的画家。他的画作的色彩繁杂却不迷乱，他的灵魂似乎悄悄潜伏在画作的经纬线上，牢牢控制着那些看似凌乱斑驳的色彩，使它们具有那种优雅的妖娆气质。他似乎无所不能，一颗铁钉、一个旧自行车的车把、一个歪斜的陶器，都能让他改造成艺术品。那看似随心所欲的一件件作品，浸透着他绵绵的才华。所以，毕加索的作品可以用“辉煌”一词来形容。虽然对他仍然谈不上热爱，但我欣赏他，为他的才华而折服。

蓬皮杜文化中心的现代艺术也是我想看的。其实去之前我就做好了失望的准备。在那里，我们很容易看到前些年风靡中国美术界的“行为艺术”的源头。在这一类的艺术家中，我对杜尚还存有一份好奇和尊敬，可到了他的展厅一看，失望之情油然而生。也许我没有看到他的《下楼的裸女》的那一系列我比较感兴趣的作品的缘故。但我们不能无视他的存在。在这个文化中心，还有马蒂斯、康定斯基、夏加尔的作品，他们的作品值得流连。

罗浮宫太著名了，尤其是那幅《蒙娜丽莎》，因它慕名而来的人太多了，使安置着这幅画的展厅更像一个庸碌的农贸市场的早市。相反，占据着近两个展厅的科罗的那些优秀的画作却门庭冷落。罗浮宫没有一个很好的赏画的环境，去那的人好像“赶场”一样，多数行色匆匆，所以尽管那里有众多值得一看再看的画，我还是像呼吸到了不洁的空气一样觉得心中郁闷。蒙娜丽莎用她那若有若无的微笑，轻而易举地俘虏了世人“掠美”的普遍心态，她在永无止息的世俗目光的注视下成为“经典”。众生的眼睛啊，当他们睁着时，有多少又是盲人呢！

我爱奥塞。这个由旧火车站改造成的美术馆珍藏着许多我喜欢的画家的作品。在那里，我流连了一天。一进凡·高的展厅，我就觉得血流加快，他的画作的色彩和这色彩洋溢着的生命激情是那么的令人着迷、疯狂，百看不厌。那些画虽然经历了漫长岁月的洗礼，但它们仍然活泼得似乎要滴下那一滴滴的浓绿和金黄的油彩，给爱着他画的人添加一缕生命的颜色。毕沙罗的《冬天印象》，德加的《苦艾酒》，也在奥塞中，它们也是我热爱的画作。

最让我难忘的是米勒。我太喜欢米勒了。看到他的《晚钟》《拾穗者》《牧羊女》《月光》，我想流泪。流泪并不是矫情，而是发自肺腑的热爱。写实的米勒是那么敢于运用陈旧的颜色，他烘托的凝重气氛总是带着股宗教意味，他笔下的底层人不管生活多么地艰苦，看上去都是那么的隐忍、安详，给人一种圣洁感。他的忧郁之气浑然地漫溢在画面中，就像黎明前的晨曦一样动人。只有大画家才敢于运用陈旧的色彩表达人类最平凡、最质朴、最温暖的情怀。如果把凡·高的画比喻为巴黎的蓝天和白云的话，米勒的画就是那条呈现着苍凉之色的塞纳河，它们相互照耀，同样伟大。

我愿意巴黎是一座石头城，人类在其上能继续做着艺术的雕塑；我愿意塞纳河永远环绕着巴黎，因为它的水能分离和变幻出无穷的色彩，滋养着一代又一代的画家。只要石头和流水拥抱着巴黎，上帝就会永远把巴黎这幅人间名画悬挂在天庭下。

最是沧桑起风情

大约三百年前吧，葡萄牙殖民者从非洲大批地往巴西贩卖黑奴。由于路途遥远，黑奴在海上漂泊过久，上岸时往往手足僵硬，不能行走，恍若残疾。贩奴者为了让手中的“货”鲜活出手，勒令黑奴在狭小拥挤的船舱中跳舞，活动筋骨。黑奴们便敲打着酒桶和铁锅，跳起了流行于非洲的森巴舞。

森巴舞来到美洲后，很快吸纳了欧洲白人带来的波尔卡舞，以及当地印第安人的舞蹈，演变为风靡巴西的“桑巴”。看来艺术的融合，是不分种族和阶层的。艺术的天然性，总是使它比政治要先一步到达“和平”。

对于一个观光客来说，里约热内卢的夜晚，是不能不看桑巴的。

我们走进剧院时，桑巴舞的表演已经开始了。流光溢彩的舞台上，几个男演员穿着金色长袍，戴着插有五彩翎毛的高筒帽子，正随着激昂的乐曲，且歌且舞着。他们满怀朝气和力量，无论左右移动还是旋转，双足如同跃动的鼓槌，轻灵激越。接下来上场的，是几个花枝招展的少女。她们穿着红黄蓝绿等色彩艳丽的服饰，袒胸露臂，像一群花蝴蝶，满场飞舞。她们修长的腿，宛如魔术棒，令人眼花缭乱。开始的半小时，我们看得饶有兴味，可是随着节目的深入，在锣鼓和钹一个节奏的敲击声中，我们渐渐有些审美疲劳了，不管舞台上的人怎样变换造型，一行人还是无精打采地垂下头。桑巴其实就是一场狂欢，而狂欢是会把人噎住的。

有了巴西看桑巴的经历，到了阿根廷，我对闻名遐迩的探戈并没有抱很大的期待。一天晚上，大使馆宴请我们，在一家饭店吃烤肉喝红酒，观赏探戈。那个舞台布景简单，上半部是悬空的乐池，下半部是舞池。几杯红酒落肚，我有微醺的感觉。当抑扬顿挫的舞曲响起来的时候，我却昏昏欲睡。舞池中的演员都很年轻，男士个个西装革履，英气逼人，而女士则是清一色的开衩长裙，亭亭玉立。应该说，探戈比桑巴要适宜观赏，因为管弦乐不像打击乐那样压迫人，它给人舒缓的感觉。虽然如此，连看了三曲后，表情过于庄严的演员还是让我疲乏了。据说，探戈这种双人舞，表现的是身佩短剑的男士与情人的幽会，因而表演者的举手投足间，都透露着警觉。有一点警觉当然好，可是满场都是警觉了，就让人觉得晃动在眼前的，是一群木偶了。就在我要耷拉下脑袋的时候，舞台忽然为之一亮，一个风度翩翩的老人携着舞伴上场了！

他看上去有七十岁了，中等个，四方脸，微微发福，满头银发，穿一套深灰色西装。他的舞伴，虽然年轻，却不是那种身形高挑的，她丰胸阔臀，看上去很丰满。他们在一起，相得益彰。音乐起来，他们翩翩起舞了。我坐在离舞台最近的地方，能清楚地看到老人的脸。他目光温和，似笑非笑，意味深长。他脸上的重重皱纹，像是鱼儿跃出水面后溅起的波痕，给人柔和、喜悦的感觉。他旋转起来轻灵如燕，气定神凝，完全不像一个老人。他揽着舞伴，时松时紧，舞伴在他怀中，无疑就是一只放飞着的风筝，收放自如。他划过的舞步宛如一个个绽放的花瓣，舒展，飘洒。当这些花瓣剥落后，我们在花蒂看到了他的优雅和柔情。这实在是太迷人了！一曲终了，掌声、喝彩声连成一片。坐在我身旁的电影演员潘虹女士，也格外喜欢这个老者，我们俩起劲地拍着巴掌，不停地叫着："老头太棒了，太棒了！"老者下场后，占据舞台的，又是一对对年轻的舞伴了。他们依然是表情庄严，一丝不苟地跳着，让我觉得好像在看一场拉丁舞大赛，兴致顿减，呵欠连连。潘虹说：“你睡吧，老头出来了我就喊你。”我很没出息地打起了盹。也不知过了多久，潘虹在我肩膀上抓了一把，说：“醒醒，老头出来了！”果然，又是那个须发斑白的老者，携着他那丰腴的舞伴出场了！他的举手投足间，有一股说不出的韵味。他舞出的，分明是一条清水，给人带来爽意，而他自己，就是掠过水面的清风。别人是被探戈操纵着而表演，只有他，驾驭着探戈，使这种舞蹈大放异彩！

演出结束，大使馆的文化参赞向我们介绍说，这个老者，是阿根廷著名的“探戈先生”，他是阿根廷十位杰出的艺术家之一。他的舞伴，是他的孙女。他年轻时，就是赫赫有名的探戈舞者，他跳了大半辈子了。难怪，在满场的俊男靓女中，他还是那么的夺目。

我们的最后一站是墨西哥城。观看墨西哥民族风情歌舞表演，是在一家有着四百年历史的大剧院。圣诞将至，剧院装饰得很漂亮。这台歌舞像是桑巴的翻版，也是一个节奏的热烈奔放的音乐，以及不断变换的绚丽服饰。演出只到半场，我们访问团的人大都打起了瞌睡。那一刻我想，为什么风情的表演会使人疲倦呢？也许因为风情没有情节性，不吸引人？也许因为风情不触及人的心灵，没有震撼力？难道风情只能成为轻轻一瞥的招贴画，或是可有可无的旅游纪念章？我想起了那位“探戈先生”，为什么他的表演就能让人身心激荡呢？思来想去，是阅历让他能出神入化地演绎风情啊。风情在他身上，是骨子里生就的，舞步不过是外化形式而已。而没有阅历的风情，如同没有发酵好的酒，会让人觉得寡淡无味。看来，最是沧桑起风情啊。

锁在深处的蜜

只要是花蜜，不管它藏得多么深，总会有与之相配的生灵发现它。从这个角度来说，任何的写作者，都是幸福的。

在温暖中流逝的美

我是一九八三年开始写作的，至今刚好有二十个年头。二十年前，我的发丝乌泽油亮，喜欢咯咯笑个不停，看到零食时两眼放光，看到可爱的小动物爱上前跟它们说上几句俏皮话。那时我可以彻夜不睡地写上一万字，第二天照样精力充沛地工作。我爱到田野和山间散步，爱随手掬上一捧河水喝上一口，爱摆个姿势照相。二十年前的我还没有属于自己的一间屋子，没有出版一本书，对生活满怀憧憬。但那时的我是多么的青春啊。

现在的我不爱照镜子，镜子中的我常常是双眼布满血丝，面色青黄。我的发丝有些干涩了，皱纹悄悄爬上了眼角。我常常丢三落四，时常找不着要用的东西。有的时候进了超市，我看着商品一片茫然，不知自己是要来买什么的。所以，如今去超市，我的手里通常攥着一张纸条，那上面记着我平素写下的需要添置的生活日用品。我依然喜欢在黄昏时散步，只是看着夕阳时常常徒自伤悲。我如今有了自己的屋子，出版了三十多部书，不用为生计而奔波和劳碌了，可快乐却不如从前那般坚实地环绕着我了。看着自己所创作的那一部部书，我在想自己的最好年华都赋予文学了。这是不是太傻了？去年爱人因车祸而故去后，我常常责备自己，如果我能感悟到我们的婚姻只有短短的四年时光，我绝对不会在这期间花费两年时间去创作《伪满洲国》，我会把更多的时光留给他。可惜我没有“天眼”，不能预知生活中即将发生的这一沉重的劫难。

文学对我来讲，就像我的亲人一样，我对它有强烈的依赖性。它给了我生存的勇气和希望。在生活中，我是一个循规蹈矩的人，可在我的梦想中，我却是一个无拘无束、激情飞扬的人。文学为我打开了生活的另一扇窗。有一家刊物曾问过我如何解决理想与现实的矛盾，我是这样说的：“石头和石头碰撞激烈的时候，会焕发出灿烂的火花。现实是一块石头，理想也是一块石头，它们激烈碰撞的时候，同样会产生绚丽的火花，那就是艺术的灵光在闪烁。”的确，我认为理想与现实冲突越激烈的时候，人的内心所焕发的艺术激情就越强烈，这种矛盾使艺术更加美轮美奂。所以，生活中多一些磨难对自身来讲是一种摧残，对文学来讲倒可能是促使其成熟的催化剂。但任何人都情愿放弃文学的那种被迫成熟，而去拥抱生活中那实实在在的幸福。

我是一个很爱伤感的人。尤其是面对壮阔的大自然的时候，我一方面获得了灵魂的安宁，一方面又觉得人是那么的渺小和卑琐。只要我离大自然远了一段日子，我就会有一种失落感。所以，这十几年来尽管我工作在城市，但是每隔三四个月，我都要回故乡去住一段时日。去那里的目的其实并不是为了写作，只是因为喜欢。那里的亲人、纯净的空气、青山碧水、宁静的炊烟、鸡鸣狗吠的声音、人们在晚饭后聚集在一起的闲聊，都给我一种格外亲切和踏实的感觉。回到故乡，我心臆舒畅，觉得活得很有滋味。其实乡村是不乏浪漫的，那种浪漫不是造出来的，而是天然流露的。城里人以为聚在灯红酒绿的酒吧闲谈是浪漫，以为给异性朋友送一束玫瑰是浪漫，以为携手郊游是浪漫，以为坐在剧场里欣赏交响乐是浪漫，他们哪里知道，农夫在劳作了一天后，对着星星抽上一袋烟是浪漫，姑娘们在山林中一边采蘑菇一边听鸟鸣是浪漫，拉板车的人聚集在小酒馆里喝上一壶热酒、听上几首登不了大雅之堂的乡间俚曲是浪漫。我喜欢故乡的那种浪漫，它们与我贴心贴肺，水乳交融。我的文学，很多来自乡间的这种浪漫。

童年的时候，我很喜欢在冬天起床之后去看印在玻璃窗上的霜花。它们看上去妖娆多姿，绮丽明媚。我常想寒风在夜晚时就变成了一支支画笔，它们把玻璃窗涂满了画。我能从霜花中看出山林、河流的姿态，能看出花朵、小鸟和动物的情态，能看出形神各异的人的表情。但是往往是看着看着，由于阳光的照耀和室内炉火的温暖的熏炙，这霜花会悄然化成水滴而解体。那时候我就会很难过。霜花是美丽的，我知道有一种美是脆弱的，它惧怕温暖，当温暖降临时，它就抽身离去了。我觉得我的生活呈现的就是这种美，它出现了，可它存在得是何其短暂！

我不该为了生活的变故而怨天尤人、顾影自怜，我应该庆幸，我曾目睹和体验过“美”，而且我所体验到的“美”消失在温暖中，而不是寒冷中，这就足以让我自慰了。如果“美”离开了我，我愿意它像霜花一样，虽然是满含热泪地离去，但它却是在温暖中消融！

我愿意牵着文学的手，与它一起走下去。当我的手苍老的时候，我相信文学的手依然会新鲜明媚。这双手会带给我们对青春永恒的遐想，对朴素生活的热爱，对磨难的超然态度，对荣誉的自省，对未来的憧憬。我相信再过一个世纪，人们也许会忘记这世界上许多政治上的风云人物，但人们永远不会忘记柴可夫斯基、贝多芬、巴赫、莫扎特，不会忘记凡·高、蒙克、毕加索和莫奈，不会忘记莎士比亚、雨果、托尔斯泰和巴尔扎克。战争是陨石雨，它会过去，而艺术是恒星，永远闪烁在人类文明的星空中。如果没有这样的星空照耀我们，我们的人生该是多么的灰暗啊！艺术拯救不了世界，但它却能给人带来心底的安宁和幸福。

寒冷的高纬度

——我的梦开始的地方

从中国的版图上看，我的出生地漠河居于最北端，在北纬五十三度左右的地理位置上。那是一个小村子，它依山傍水，风景优美，每年有多半的时间白雪飘飘。我记忆最深刻的，就是那里漫长的寒冷。冬天似乎总也过不完。

我小的时候住在外婆家里，那是一座高大的木刻楞房子，房前屋后是广阔的菜园。短暂的夏季来临的时候，菜园就被种上了各色庄稼和花草，有的是让人吃的东西，如黄瓜、茄子、倭瓜、豆角、苞米等；有的则纯粹是供人观赏的，如矢车菊、爬山虎、大烟花（罂粟），等等。当然，也有半是观赏半是入口的植物，如向日葵。一到昼长夜短的夏天，这些形形色色的植物就几近疯狂地生长着，它们似乎知道属于它们的日子是微乎其微的。我经常看见的一种情形就是，当某一种植物还在旺盛的生命期的时候，秋霜却不期而至，所有的植物在一夜之间就憔悴了，这种大自然的风云变幻所带来的植物的被迫凋零令人痛心和震撼。我对人生最初的认识，完全是从自然界的一些变化而感悟来的。比如我从早衰的植物身上看到了生命的脆弱，同时我也从另一个侧面看到了生命的从容。因为许多衰亡了的植物，在转年的春天又会焕发出勃勃生机，看上去比前一年似乎更加有朝气。

童年围绕着我的，除了那些可爱的植物，还有亲人和动物。请原谅我把他们并列放在一起来谈。因为在我看来，他们都是我的朋友。我的亲人，也许是由于身处民风淳朴的边塞的缘故，他们是那么的善良、隐忍、宽厚，爱意总是那么不经意地写在他们的脸上，让人觉得生活里到处是融融暖意。当然，他们也有自己的痛苦和苦恼，比如年景不好的时候，他们会为没有成熟的庄稼而惆怅；亲人们故去的时候，他们会抑制不住自己的悲哀情绪。我从他们身上，领略最多的就是那种随遇而安的平和与超然，这几乎决定了我成年以后的人生观。至于那些令人难忘的小动物，我与它们之间也是有着难分难解的情缘。我养过狗和猫，它们都是公认的富有灵性的动物，我可以和它们交谈，可以和它们搞恶作剧，有时它们与我像朋友一样亲密，有时则因着我对它们的捉弄，它们好几天对我不理不睬。至于猪、鸡、鸭等等这些家畜、家禽，虽然养它们的目的是为了食肉，但我还是常常把它们养出了感情，所以轮到它们遭屠戮的时候，内心就有一种说不出的痛苦。但是大人们告诉我，这些家畜、家禽养来就是被人吃的。我想幸好人类没有吃花的嗜好，否则这些有灵性的、美好的事物还有多少能被人“嘴下留情”呢？

生物本来是没有高低贵贱之分的，但是由于人类的存在，它们却被分出了等级，这也许是自然界物类竞争、适者生存的法则吧，令人无可奈何。尊严从一开始，就似乎是依附着等级而生成的，这是我们不愿意看到和承认的事实。虽然我把那些动物当成了亲密的朋友对待，但久而久之，它们的毙命使我的怜悯心不再那么强烈，我与庸常的人们一样地认为，它们的死亡是天经地义的。只是成年以后遇见了许多恶意的人的狰狞面孔后，我又会情不自禁地想起那些温柔而有情感的动物，愈加地觉得它们的可亲可敬来。所以让我回忆我的童年，我想到亲人后，随之想到的就是动物，想到狗伸着舌头对我温存的舔舐，想到大公鸡在黎明时嘹亮的啼叫声，想到猫与我同时争一只皮球玩时的猴急的姿态。在喧哗而浮躁的人世间，能够时常忆起它们，内心会有一种异常温暖的感觉。所以，在我的作品中，出现最多的除了故乡的亲人，就是那些从我的脑海中挥之不去的动物，这些事物在我的故事中是经久不衰的。比如《逝川》中会流泪的鱼，《雾月牛栏》中因为初次见到阳光、怕自己的蹄子把阳光给踩碎了而缩着身子走路的牛，《北极村童话》里的那条名叫“傻子”的狗，《鸭如花》中那些如花似玉的鸭子，等等。此外，我还对童年时所领略到的那种种奇异的风景情有独钟，譬如铺天盖地的大雪、轰轰烈烈的晚霞、波光荡漾的河水、开满了花朵的土豆地、被麻雀包围的旧窑厂、秋日雨后出现的像繁星一样多的蘑菇、在雪地上飞驰的雪橇、千年不遇的日全食等等，我对它们是怀有热爱之情的，它们进入我的小说，会使我在写作时洋溢着一股充沛的激情。我甚至觉得，这些风景比人物更有感情和光彩，它们出现在我的笔端，仿佛不是一个个汉字在次第呈现，而是一群在大森林中歌唱的夜莺。它们本身就是艺术。

在这样一片充满了灵性的土地上，神话和传说几乎到处都是。我喜欢神话和传说，因为它们就是艺术的温床。相反，那些事实性的事物和已成定论的自然法则却因为冰冷的面孔而令人望而生畏。神话和传说喜欢以两种方式存在。一种类似地下的矿藏，我们看不见摸不着，但能嗅到它的气息，这样的传说有待挖掘。还有一种类似空中的浮云，能望得见，但它行踪飘忽，你只能仰望而无法将其纳入掌中。神话和传说是最绚丽的艺术灵光，它们闪闪烁烁地游荡在漫无边际的时空中。而且，它们喜欢寻找妖娆的自然景观作为诞生地，所以人世间流传最多的是关于大海和森林的神话。

对我来讲，神话是伴着幽幽的炉火蓬勃出现的。在漫长的冬季里，每逢夜晚来临的时候，大人们就会围聚在炉火旁讲故事，这时我就会安静地坐在其中听故事。老人们讲的故事，与鬼怪是分不开的。我常常听得头皮发麻，恐惧得不得了。因为那故事中的人死后还会回来喝水，还会悄悄地在菜园中帮助亲人铲草。有的时候听着听着，火炉中劈柴燃烧的响声就会把我吓得浑身悚然一抖，觉得被烛光映照的墙面上鬼影憧憧。这种时刻，你觉得心都不是自己的了，它不知跳到哪里去了。当然，也有温暖的童话在老人们的口中流传着，比如画中的美女每天在一个固定的时刻下来给穷人家做饭，比如一个无儿无女的善良的农民在切一个大倭瓜的时候，竟然切出了一个活蹦乱跳的胖娃娃，这孩子长大成人后出家当了和尚，成为一代高僧。这些神话和传说是我所受到的最早的文学熏陶，它们生动、传神、洗练，充满了对人世间生死情爱的观照，具有悲天悯人的情怀。

也许是因为神话的滋养，我记忆中的房屋、牛栏、猪舍、菜园、坟茔、山川河流、日月星辰等等，它们无一不沾染了神话的色彩和气韵，我笔下的人物也无法逃脱它们的笼罩。我所理解的活生生的人，不是庸常所指的按现实规律生活的人，而是被神灵之光包围的人，那是一群有个性和光彩的人。他们也许会有种种的缺陷，但他们忠实于自己的内心生活，从人性的意义来讲，只有他们才值得永久地抒写。

尽管我如此热衷于神话和传说，但我也迫切感觉到它们正日渐委顿和失传。因为生活正变得越来越疲沓、琐碎、庸碌和公式化。人的想象力也相对变得老化和平淡。所以现在尽管有故事生动的作品不停地被人叫好，但我读后总是有一种难言的失望，因为我看不到一部真正的优秀作品所应散发出的精神光辉。

还有梦境。也许是我童年生活的环境与大自然紧紧相拥的缘故吧，我特别喜欢做一些色彩斑斓的梦。在梦境里，与我相伴的不是人，而是动物和植物。白日里所企盼的一朵花没开，它在夜里却开得汪洋恣肆、如火如荼。我所到过的一处河湾，在现实中它是浅蓝色的，可在梦里它却焕发出彩虹一样的妖娆颜色。我在梦里还见过会发光的树，能够飞翔的鱼，狂奔的猎狗和浓云密布的天空。有时也梦见人，这些人多半是已经作古的，我们称之为“鬼”的，他们与我娓娓讲述着生活的故事，一如他们活着。我常想，一个人的一生有一半是在睡眠中度过的，假如你活了八十岁，有四十年是在做梦，究竟哪一种生活和画面更是真实的人生呢？梦境里的流水和夕阳总是带有某种伤感的意味，梦里的动物有的凶猛，有的则温情脉脉，这些感受，都与现实的人际交往相差无二。有时我想，梦境也是一种现实，这种现实以风景人物为依托，是一种拟人化的现实，人世间所有的哲理其实都应该产生自它们之中。我们没有理由轻视它们，把它们视为虚无。要知道，在梦境中，梦境的情、景、事是现实，而孕育梦境的我们则是一具躯壳，是真正的虚无。而且，梦境的语言具有永恒性，只要你有呼吸、有思维，它就无休止地出现，给人带来无穷无尽的联想。它们就像盛宴上酒杯被碰撞后所发出的清脆温暖的响声一样，令人回味无穷。

我对文学和人生的思考，与我的故乡、与我的童年、与我所热爱的大自然是紧密相连的。对这些所知所识的事物的认识，有的时候是忧伤的，有的时候则是快乐的。我希望能够从一些简单的事物中看出深刻来，同时又能够把一些貌似深刻的事物给看破。这样的话，无论是生活还是文学，我都能够保持一股率真之气、自由之气。

当我童年在故乡北极村生活的时候，因为不知道“山外有山、天外有天”，我认定世界就北极村这么大。当我成年以后到过了许多地方，见到了更多的人和更绚丽的风景之后，我回过头来一想，世界其实还是那么大，它只是一个小小的北极村。

灯影下的大自然

我在写作的最初三年里，一直没有属于自己的一张写字台。那时我在师范专科学校读书，大多的时间是在教室的书桌上练笔。回到宿舍后如果偶有所感，就会屈腿半倚着床头，将纸放在膝头来任笔纵横。到了寒暑假，回到家里后，住在后菜园的我的房间里，从两面窗口都可以望到菜地和缤纷的花圃。向东的窗前摆着一台缝纫机，上面苫着针织的白帘，那便是我最能够倾诉心曲的地方。搬一只方凳，坐在缝纫机前，看着窗外的景色，心中安恬自适，写作的欲望就很强烈。虽然那时父母对我迷恋写作不以为然，私下里认为写不出什么名堂，但他们从未当面给我泼过冷水。每当我写作关上门时，他们也就不轻易进门走动。若是到了夏季，我在写作抬头的一瞬不仅能看到迎风摇曳的波斯菊，还能够看见蜜蜂和蝴蝶在花间翻飞。有时候蝴蝶还飞进窗口，在我的鬓角流连徘徊。而到了冬季，窗外永远都是莹莹白雪，有时会看到山雀在雪地上蹦蹦跳跳着。

待我参加工作后回到大兴安岭师范专科学校，才有了一张真正属于自己的写字台。我在那上面写作、备课、吃饭，桌上放着一盏长长的颈子、浑圆的脑袋的橘黄色台灯，侧影一看极像一架被复原了的恐龙支架。入夜时将灯“啪”地打开，一束柔和的光就投映在白纸上，使人陡然萌生出创作激情。

从那以后我一直喜欢在台灯下写作。台灯投向创作者的天地是明亮而忧伤的。它的方寸看似狭窄，而意象却十分广阔。我比较满意的作品如《原始风景》《北国一片苍茫》《树下》等等都是灯下的产物。我不喜欢强烈的阳光，因为它瓦解我的想象力，使人的审美感觉趋于麻木。在阳光明亮的书桌前我很难集中精力进入创作。而在月光下我的心情却相对宁静得多。可惜人又不能借着月光来写作。这种时候，台灯是无可比拟的最能打通我心灵的光束。

夜阑人静之时，台灯打开了，我对大自然的那股刻骨铭心之爱就油然而生。在这种时候，笔下的晚霞会变得比现实更为绚烂，笔下的山川河流会不由自主地充满灵性，而生活于大自然中的一切生物也变得无与伦比地优雅。在这种时刻，怀想情绪自始至终在心中萦绕，浓浓的伤感情绪漫卷着。我觉得笔下的山川草木和人物渐渐活了起来，他们在灯影下幽幽闪动，他们亲切地对话，他们像一幅幅素描一样朴实亲切地出现在我眼前。

我至今仍未用电脑写作，因为我喜欢看自己的字在白纸上涌动。从字是可以看出一个人的气质和性格的。我上中学时写字就爱冲出格子，笔画粗劲，不拘一格，这常常使我的语文试卷成绩最高分未冲出“98”分，另外两分总是因为字迹潦草而被扣除。当我做了老师后，面对黑板写字时就相对规范了一些，但是字体仍然粗粝，用粉笔用得费。但学生们喜欢，因为其他老师轻飘飘的字迹很费他们的眼神，而我的字每一笔都很重，虽然不秀丽，但格外清楚。

我一直用碳素墨水来写作，虽然纯蓝墨水也很好看，但我觉得它缺乏力量。而且蓝色与白色的对比永远比不上黑色与白色更为醒目。柔和的光束、洁白的稿纸、浓黑的墨迹，这三者充满生气地构建着我的创作。我不知道有一天用电脑写作后，我的思绪是否仍会如潮翻涌？我想那种千篇一律的规范字体也许会败坏我的创作欲，所以将来若买了电脑，只想用它来抄稿，而大多用电脑写作的朋友都说：到时候你就会运用自如地直接用它来写稿了。

谁知道呢。

一九八三年我刚写作时才十九岁，第一次见到自己的作品变成铅字的那种快乐已经不再有了。写作对一个人的耗蚀程度从他的脸色上便能一眼望穿。我十八九岁时双颊绯红，眼神活泼，做任何事都不觉得累。十几年写下来，面色苍白了，身体消瘦了，做事常常觉得力不从心。不过我一向认为人沉浸在创作中是一件快事，如果什么时候我拿笔时觉得万分滞涩，我将放下笔来。虽然我也勤奋，但我不是那种能为写作呕心沥血、献出一切的人，因为我觉得生活更为重要。如果把自己写死了，写作又有什么意义呢？这些想法不时地渗透我目前的创作：浪漫情怀少了，朴实自然的成分增多了；无谓的形容词减少了，白描的语言增多了。一颗平常心对一个作家来说太重要了，于是就有了《逝川》《亲亲土豆》《岸上的美奴》这样的作品。

我现在的居室里有一张漆黑的大写字台，背对窗户。毕淑敏曾在一篇文章里称它为“可同我过去认识的一位拥有上亿资财的女强人的老板台媲美”。不过我并未拥有上亿资财，可见它并不是财富的象征。我在俯身写作的时候，常常能在它上面发现自己的头部投影。我的肖像映在其中，这大约便是这写字台对于我的全部意义了。

锁在深处的蜜

大兴安岭与内蒙古接壤，草原、牛羊、牧人的歌声，对我来讲，都是邻家的风景，并不陌生。

三年前，为了搜集长篇小说《额尔古纳河右岸》的素材，我来到了内蒙古。从海拉尔，经达赉湖，至边境的满洲里后向回转，横穿呼伦贝尔大草原，到根河。那是八月，草色已不鲜润了，但广阔的草原和草原上的牛羊，还是让人无比陶醉。天空离大地很近的样子，所以飘拂着的白云，总让人疑心它们要掉下来似的。中途歇脚的时候，我在牧民的毡房里喝奶茶，吃手抓羊肉，听他们谈笑，心底渐渐泛起依恋之情，真想把客栈当作家，长住下来。然而，我于草原，不过是个匆匆过客。

我在写作疲惫时，喜欢回忆走过的大自然。呼伦贝尔草原上的风景，就是在这样的时刻，悄悄浮现在我脑海中的。它们初始时是雾气，但随着时光的流逝，它们生长起来了，由轻雾转为浓云，终于，有一天，我想象的世界电闪雷鸣的，我看见了草原，听到了牧歌，一个骑马的蒙古人出现了，中秋节的月亮出来了。就这样，几年前的记忆被唤醒，草原从我的笔端流淌出来了。

如果问我最爱《草原》中的哪个人，我会说：阿荣吉的老婆子！我喜欢这个恋酒的、隐忍的、放牧着羊群的、年年夏天去阿尔泰家牧场唱歌的女人。人生的苦难有多少种，爱情大概就有多少种。在我眼里，她和阿尔泰之间，是发生了伟大的爱情的。这种失意的、辛酸的爱情，内里洋溢的却是质朴、温暖的气息，我喜欢这气息。常有批评家善意地提醒我，对温暖的表达要节制，可在我眼里，对“恶”和“残忍”的表达要节制，而对温暖，是不需要节制的。因为从某种意义来讲，温暖代表着宗教的精神啊。有很多人误解了“温暖”，以为它的背后，是简单的“诗情画意”，其实不然。真正的温暖，是从苍凉和苦难中生成的！能在浮华的人世间，拾取这一脉温暖，让我觉得生命还是灿烂的。

一百四十多年前，达尔文看到一株来自热带雨林的兰花，发现它的花蜜藏在花茎下约十二英寸的地方，于是预言将有一只有着同等长度舌头的巨蛾，生长在热带雨林，当时很多生物学家认为他这是“疯狂的想法”。可是一百多年后，在热带雨林，野外考察的科学家发现了巨蛾！通过电视，我看到了摄像机拍到的那个动人的瞬间：一株兰花，在热带雨林的夜晚安闲地开放着。忽然，一只巨蛾，飘飘洒洒地朝兰花飞来。它落到兰花上，将那柔软的、长长的舌头，一点一点地蓄进花蕊，随着那针似的舌头渐渐地探到花蕊深处，我的心狂跳着，因为我知道，巨蛾就要吮到花蜜了！那锁在深处的蜜，只为一种生灵而生，这样的花蜜，带着股拒世的傲气，让人感动。其实只要是花蜜，不管它藏得多么深，总会有与之相配的生灵发现它。从这个角度来说，任何的写作者，都是幸福的。因为这世上，真正的“酿造”，是不会被埋没和尘封的。

心在千山外

在中国的北部边陲，也就是我的故乡大兴安岭，生活着一支以放养驯鹿为生的鄂温克人。他们住在夜晚时可以看见星星的撮罗子里，食兽肉，穿兽皮。驯鹿去哪里觅食，他们就会跟着到哪里。漫漫长冬时，他们三四天就得进行一次搬迁，而夏季在一个营地至多也不过停留半个月。那里的每一道山梁都留下了他们和驯鹿的足迹。

由于自然生态的蜕化，这个部落在山林中的生活越来越艰难，驯鹿可食的苔藓逐年减少，猎物也越来越稀少。三年前，他们不得不下山定居。但他们下山后却适应不了现代生活，于是，又一批批地陆续回归山林。

去年八月，我追踪他们的足迹，来到他们生活的营地，对他们进行采访。其中一个老萨满的命运引起了我巨大的情感震荡。

萨满在这个部落里就是医生的角色。他们为人除病不是用药物，而是通过与神灵的沟通，来治疗人的疾病。不论男女，都可成为萨满。他们在成为萨满前，会表现出一些与常人不一样的举止，展现出他们的神力。比如他们可以光着脚在雪地上奔跑，而脚却不会被冻伤；他们连续十几天不吃不喝，却能精力充沛地狩猎；他们可以用舌头触碰烧得滚烫的铁块，却不会留有任何伤痕。这说明，他们身上附着神力了。他们为人治病，借助的就是这种神力。而那些被救治的，往往都是病入膏肓的人。萨满在为人治病前要披挂上神衣、神帽和神裙，还要宰杀驯鹿献祭给神灵，祈求神灵附体。这个仪式被称为“跳神”。萨满在跳神时手持神鼓，他们可以在舞蹈和歌唱声中让一个人起死回生。

我要说的这个萨满，已经去世了。她是这个放养驯鹿的鄂温克部落的最后一个萨满。她一生有很多孩子，可这些孩子往往在她跳神时猝死。她在第一次失去孩子的时候，就得到了神灵的谕示，那就是说她救了不该救的人，所以她的孩子将作为替代品被神灵取走，可是她并未因此而放弃治病救人。就这样，她一生救了无数的人，她多半的孩子却因此而过早地离世，可她并未因此而悔恨。我觉得她悲壮而凄美的一生深刻地体现出了人的梦想与现实的冲突。治病救人对一个萨满来讲，是她的天职，也是她的宗教。当这种天职在现实中损及她个人的爱时，她义无反顾地选择了前者——也就是“大爱”。而真正超越了污浊而残忍的现实的梦想，是人类渴望达到的圣景。这个萨满用她那颗大度、善良而又悲悯的心达到了。我觉得她就是一个伟大的作家，她一生的经历就是一部杰作。我在长篇小说《额尔古纳河右岸》中，把这个萨满的命运作为了一条主线。

我心目中的伟大作品，就是这种经过了现实千万次的“炼狱”，抵达了真正梦想之境的史诗。一个作家要有伟大的胸怀和眼光，这样才可以有非凡的想象力和洞察力。我们不可能走遍世界，但我们的心总在路上。这样你即使身居陋室，心却能在千山外。最可怕的是身体在路上，心却在牢笼中！

雪中的炉火

只有北国才有真正的冬天。

而只有北极才会有纯粹的冬天。

我出生在中国的北极村，出生在冬天，出生在一个属于中国人的传统节日——元宵节，世界首先向我展示的是黄昏的冬景，茫茫雪野、冰封的河流、高大气派的木刻楞房屋、安然释放着宁和之光的冰灯、黎明前无力涌动着的朔风……

从我记事的时候起，我就觉得老是被冬天抱在怀里。一场雪刚去，另一场雪又来了，有时一夜之间大雪封门，一家人只有合力才能勉强将门推开一条缝，这时白晃晃的寒风和着雪后凛冽的阳光钻进屋子，我真想伸出舌头把它舔到肚子里吃掉。我六七岁的时候跟外祖母生活，她勤劳、善良、富有忍耐力。她喜欢种菜、捕鱼、饲养家禽、做饭、讲故事，我常常跟她去菜园、江边、供销社。当然有时也去串亲戚，规规矩矩地坐在别人家的小板凳上，听大人们讲种植、狩猎、生儿育女等等的事。给我印象最深的当然就是冬天，因为我仿佛老也过不完它，随它而来的就是寒冷。零下三四十摄氏度的天气是极其平常的，我的手脚不止一次起了冻疮。

我上小学时回到了父母身边。父亲是大兴安岭一座山村小学的校长。他有着良好的音乐天赋，在哈尔滨市读的中学，因为家境贫寒，无法继续求学，在开发大兴安岭的那一年，他没有同任何人商量就毅然决然地报了名。当他唯一的亲戚得知这一消息时，他已经踏上北赴大兴安岭的征程。他在大兴安岭娶妻生子，有了自己的家，有了他事业的支柱——小学校。他豁达、开朗、清高而自负。后来他热爱上了酒，一度消沉和颓废。我在小时候听过他拉的小提琴，那是我至今听过的最美的琴声。他喜好诗文，对曹植的《洛神赋》赞不绝口，所以才把“子建”这样的名字赐予我。然而在我刚二十出头的时候，他不幸得了脑溢血躺进了医院的抢救室。当时我只发表过两篇小说，《小说选刊》选了《沉睡的大固其固》后，他还给我来过一封信鼓励我，那是他写给我的最后一封信。我记得给他回信说《人民文学》即将发表我的《北极村童话》，让他到时找来看看。不料仅隔两个月，他就突然离去了。他在去世的前几天，有一天清醒的时候，他曾满怀忧伤地问我："你那篇小说什么时候出来？"我说下个月，就快了。我不敢看他那饱含希望、忧虑和慈爱的目光。他走的那天是一九八六年一月六日的一个寒冷的黎明，而《北极村童话》是在一九八六年二月出刊的，谁能知道我收到样刊时把整个一本刊物都哭湿了呢？

无边无际的冬天，挥之不去的亲情，广阔的空间，这一切都在我的心灵占有特殊的位置。我热爱雪，爱它的寂静和寒冷。我也热爱由寒冷中诞生出来的炉火，爱它的生气和温暖。我的作品比之生养于我的土地来讲，还显得不够丰富和博大。但是这种不完美将对我以后的创作是一种鞭策和激励。

这本集子里收入了我目前较为满意的一个短篇《逝川》，我觉得无论是生命还是创作都应该呈现出那种生命的自然状态：裹挟着落叶、迎接着飞雪、融汇着鱼类的呜咽之声。平静地向前、向前、向前……

枕边的夜莺

我喜欢躺着读书，这个习惯的养成已有二十多年了，从枕边掠过的书，自然是少不了的。

十七八岁，我读师专的时候，开始了真正的读书。每到寒暑假，最惬意的事情，就是躺在故乡的火炕上看书。至于读了些什么，已经记不清了，但读书的氛围却历历在目。夏天时，闻够了墨香，我会敞开窗子，嗅花圃搅起的一波一波的香气；冬天时，窗外的北风吹得窗纸唰啦啦响，我便把书页也翻得唰啦啦响。疲倦的时候，我会撇下书，趴在窗台上看风景。窗外的园田被雪花装点得一片洁白，像是老天铺下来的一张纸。

如果说枕头是花托的话，那么书籍就是花瓣。花托只有一个，花瓣却是层层叠叠的。每一本看过的书，都是一片谢了的花瓣。有的花瓣可以当作标本，作为永久的珍藏；有的则因着庸常，随着风雨化作泥了。

这二十多年来，不管我的读书趣味发生了怎样的变化，有一类书始终横在我的枕畔，就像一个永不破碎的梦，那就是古诗词。夜晚，读几首喜欢的诗词，就像吃了可口的夜宵，入睡时心里暖暖的。

我最喜欢的词人，是辛弃疾。一句“青山遮不住，毕竟东流去”，让我对他的词永生爱意，《稼轩集》便是百读不厌的了。屈原、李白、杜甫、白居易、李商隐、陆游、苏轼、李清照、李煜、纳兰性德、温庭筠、黄庭坚、范仲淹，也都令我喜爱。有的时候，读到动心处，我会忍不住低声吟诵出来，好像不经过如此“咀嚼”，就愧对了这甘美至极的“食粮”似的。

我父亲最推崇的诗人，就是曹植了。因为爱极了他的《洛神赋》，我一出生，父亲就把“子建”的名字给了我。长大成人后，我不止一次读过《洛神赋》，总觉得它的辞藻过于华丽，浓艳得有点让人眼晕。直到前几年，我的个人生活遭遇变故，再读《洛神赋》，读出了一种朴素而凄清的美！洛水上的神仙宓妃，惊鸿一现，顷刻间就化作烟波了。“悼良会之永绝兮，哀一逝而异乡”，“恨人神之道殊兮”，这才是曹植最想表达的。他以短短一曲《洛神赋》，写出了爱情的短暂、圣洁、美好，写出了世事的无常。我真的没有想到，曹植在诗中所描述的一切，正是我此刻的感悟，原来父亲早就知道，幻影才是永恒的啊！所以现在读《洛神赋》，别有一番滋味在心头！

中国的古典诗词，意境优美，禅意深厚，能够开启心智。当你愤慨于生活中的种种不公，却又无可奈何时，读一读黄庭坚的“贤愚千载知谁是？满眼蓬蒿共一丘”，你就会获得解脱。而当你意志消沉、黯然神伤时，读一读张若虚的《春江花月夜》，你就会觉得所有的不快都是过眼云烟。从这个意义上说，那些古诗词就是我枕畔的《圣经》。

这些伟大的诗人，之所以能写出流传千古的诗句，在于他们有着对黑暗永不妥协的精神。他们高洁的灵魂，使个人的不幸得到了升华。杜甫评价李白时，曾满怀怜惜和愤懑地写道：“敏捷诗千首，飘零酒一杯。”而这是那个时代大多数诗人坎坷命运的真实写照！个人的生死，在他们眼里，不过草芥，所以他们的诗词才有着大悲悯、大哀愁，这也是我深深喜爱他们的原因。

无论是读书还是写作，我们都在经历着一个前所未有的喧嚣时刻。能够保持一份清醒和独立，在读书中去伪求真，去芜存菁，并不是一件容易的事。我的枕畔，也曾有过名声显赫却难以卒读的书，但它们很快就从我的记忆中消失了。

能够留下的，是鲁迅，是《红楼梦》，是《牡丹亭》《聊斋志异》，是雨果和陀思妥耶夫斯基，等等，这些人的书和这些作品可以一读再读。它们不会随着时光的流逝而变旧，它们是日出，每一次出现都是夺目的。

我常想，我枕边的一册册古诗词，就是一只只夜莺，它们栖息在书林中，婉转地歌唱。它们清新、湿润，宛如上天洒向尘世的一场宜人的夜露。

好书如寂寞开放的樱花

一六一六年四月二十三日的夜空，一定超乎寻常的灿烂。生不同时的塞万提斯和莎士比亚，在同一个日子离世。当两颗文学巨星相逢于天国之际，我想天堂也会落泪吧。

这个充满玄机的四月二十三日，在一九九五年，被联合国教科文组织命名为“世界读书日”。

今年，已经是第十六个“世界读书日”了。

央视《子午书简》的制片人李潘，这个我戏称为“潘娘子”的爱书人，在三月底就打来电话，说是策划了一期特别节目《书香中国》，想请几个作家来谈谈读书。

于是，我来到了四月的北京。

节目录制点在大兴的星光梅地亚。那天北京黄沙漫天，从机场高速乘车去大兴，感觉是来到了大西北，说不出的苍凉。大兴正在“大兴”土木，到处是工地。一个到处是工地的地方，就像一台音质不好的半导体收音机，嘈杂不堪，是旅人最不喜欢的。

入住酒店后，简单吃了点东西，天色已昏。因为空气不好，惯例的傍晚散步，也就取消了。我躺在床上翻闲书的时候，走廊里忽而传来“咿呀”的练歌声，忽而又传来乐器的演练声，感觉自己是睡在一架破旧的钢琴上，稍一不慎，触碰了哪个键子，它就会喑哑地叫起来。

后来窗外的风，加入了这夜晚的合唱。听着越来越强劲的风声，我的心明朗起来。北京的朋友对我说，只要前一夜刮大风，第二天这个城市就有蓝天可看啦！

果然！次日风住了，晴空如洗！早饭后我迫不及待地出去散步，发现院子里有很多花树。桃花谢了满地，像是哪个姑娘洗了几条银粉的丝巾，晾晒在桃树下而忘了收，看上去皱皱巴巴的，却还带着一股抹不去的芳华，惹人怜爱；红色的榆叶梅正在盛时，花容娇艳；西府海棠和初放的紫丁香，香气蓬勃。最令我兴奋的，是一条小路上，竟然栽种着一排樱花，大约有二三十株！半个多月前，我小说的日文翻译者，从东京发来一张怒放的樱花的图片，上面附言“国破了，但樱花开了”，勾起了我看樱花的欲望。没想到我竟在大兴的星光梅地亚，与樱花不期而遇！

日本民谚有“樱花七日”之说，说明樱花花期之短。我眼前的樱花，想来开了一周了吧，虽然枝条上的花朵依然生动，但树下已积了厚厚一层的花瓣了。如果说樱花是一支燃烧的蜡烛的话，那么边开边谢的花瓣，就是它洒下的烛泪了。那些重瓣的樱花，粉红色，团团簇簇，比朝霞还要鲜润。你盯着一朵花美美地赏着时，突然微风搅动了花心，花瓣便像云朵一样游移而出，刹那就谢了，凋零得如此壮丽！樱花仿佛是刚给自己唱完生日歌，又得唱安魂曲。

我在樱花树下流连忘返，可是来来往往的行人，那些带着孩子来追寻明星梦的家长，背着吉他匆匆走过的乐手，奔向各个摄影棚的节目主持人和工作人员，没谁在樱花树下驻足片刻，甚至连看也不看它们一眼。樱花以柔弱的落英，敲打着行人的脚，可它的敲打实在太轻太轻了，没谁察觉。

当日下午在节目录制现场，主持人让上场的作家，每人选择一段心目中最美的文字来朗诵，我选择的是萧红《呼兰河传》中关于火烧云的描写。萧红的命运，也有点樱花的气质，花开花谢，瞬息之间。她留下的，是茅盾先生所言的“一串凄婉的歌谣”。如今在图书销售排行榜上，哪里还能寻到鲁迅、萧红、沈从文这些真正的大家的名字？好书很少在热闹之中，它们总是独处一隅，寂寞开放，如同那些无人观赏的樱花，虽然开在春天，却置身于清秋的气氛中！

录完节目，进城与朋友们聚会回来，已是晚上十点多了。我在夜色中散步，路过一个摄影棚时，那里灯火辉煌，笑语喧天的。我问了一下门外的保安，他说里面正在录制《欢乐英雄》。我溜进棚里，感觉是撞进了雷电区。台上是炫目的灯光，是尽情表演着的红男绿女，台下是挥舞着荧光棒欢呼着的观众。我站在那儿，耳朵被震得嗡嗡叫，遇见强光的眼睛忍不住哗哗流泪，很快就出来了。

三百九十五年前四月二十三日去世的两位大文豪，都留下了后人难以逾越的巨作，光耀千秋。莎士比亚在他故乡斯特拉福镇的圣三一教堂安眠着，他的墓前永远有鲜花环绕；而生前境遇凄凉的塞万提斯，下葬时却连一块墓碑都没有，他的墓在哪里，至今是个谜。不过，塞万提斯已经为自己树起了一座永远不倒的碑——《堂吉诃德》。一个伟大作家的墓碑，可以不用镌刻他自己的名字，因为只有他的作品是丰碑的时候，他的名字才会真正留下。

我又踏上了樱花小路。因为有路灯的映衬，樱花在夜晚依然明亮着。站在花树下，忽然一阵疾风吹过，顷刻之间，淋了一身的樱花雨！这样的花雨，与其说来自樱花树，不如说来自天上，因为好风起自天堂啊！

图书在版编目(CIP)数据

迟子建散文 / 迟子建著. —杭州:浙江文艺出版社,2019.4

(名家散文珍藏)

ISBN 978-7-5339-5543-4

Ⅰ.①迟… Ⅱ.①迟… Ⅲ.①散文集—中国—当代 Ⅳ.①I267

中国版本图书馆 CIP 数据核字(2018)第 299127 号

责任编辑 张 雯
装帧设计 观止堂_未氓
责任印制 吴春娟

迟子建散文 CHI ZIJIAN SANWEN
迟子建 著

出版 浙江文艺出版社
网址 www.zjwycbs.cn
经销 浙江省新华书店集团有限公司
制版 杭州天一图文制作有限公司
印刷 浙江新华数码印务有限公司
开本 850 毫米×1168 毫米 1/32
字数 124 千字
印张 6.75
插页 5
印数 0001-6000
版次 2019 年 4 月第 1 版 2019 年 4 月第 1 次印刷
书号 ISBN 978-7-5339-5543-4
定价 **42.00 元**